Lo que el silencio me contó

Antología Taller de Narrativa

Sociedad de Escritores de Columbus, Ohio

Lo que el silencio me contó
Todos los Derechos de Edición Reservados
©2015, Pukiyari Editores
©2015 de sus respectivos relatos:
Patricia Gabela, Amílcar Araujo, Marisol Rodríguez, Félix Quevedo, Félix Amicantonio, Ani Palacios

Pukiyari Editores/Pixtuy
Foto Portada © 2015, Shutterstock

ISBN-10: 1630650315
ISBN-13: 978-1-63065-031-5

PUKIYARI EDITORES
www.pukiyari.com

«Escribo por el placer de contradecir
y por la felicidad de estar solo contra todos».
Milan Kundera

ÍNDICE

Acerca de los autores

Patricia Gabela

 Nacida en México, D.F., ingeniera química industrial con postgrado en administración de empresas. Coautora de *Pagando el Precio* (Pukiyari Editores, 2013). Coautora de *De una a siete* (Pukiyari Editores, 2013). Ganadora del primer lugar nacional en la categoría de Cuento Corto en el XXVIII Concurso de Creación Literaria del Instituto Tecnológico y de Estudios Superiores de Monterrey (ITESM). Ganadora del segundo lugar a nivel nacional en el Concurso Cuéntale tu Cuento a La Nota patrocinado por *La Nota Latina*. Finalista en el Segundo Concurso Internacional de Relatos Pecaminosos *Contacto Latino* 2014 que culminó con su participación en la antología *Te veré en el climax y otros relatos pecaminosos* (Pukiyari Editores, 2014). Su obra en poesía y prosa se ha presentado en el II y III Encuentro de Escritores en Español de Columbus, Ohio, en el Día Internacional de la Mujer patrocinado por Purpose for Women International Org. y en el I Recital de Poesía y Prosa en Ohio State University. Conferencista en la conferencia anual 2013 de MALCS (Mujeres Activas en Letras y Cambio Social). Participó como invitada para compartir su experiencia como escritora en talleres de escritura de la Universidad Católica de Lima.

Félix E. Quevedo

Félix Quevedo es ingeniero industrial y magíster en tecnología de la información, originario de Lima, Perú. Es socio fundador y gerente de informática de Contacto Latino y Pukiyari Editores. A través del taller de narrativa de la Sociedad de Escritores de Ohio descubrió el placer de la escritura. Oficia desde el 2012 como organizador de los concursos internacionales de literatura de Contacto Latino.

Amílcar Araujo

Nació en México donde realizó sus estudios universitarios y de postgrado. Luego migró a los Estados Unidos con su familia, donde desempeña puestos ejecutivos en el campo de tecnología de la información. Formalizó su pasión por la escritura convirtiéndose en discípulo de la premiada escritora peruana Ani Palacios Mc Bride. Sus trabajos de poesía se han presentado en Ohio State University y en diversos foros. Es coautor del libro *Pagando el precio* publicado por Pukiyari Editores. Finalista en el Concurso Internacional de Relatos Pecaminosos Contacto Latino 2013 que culminó con su participación en la antología *El cielo es un orgasmo y otros relatos pecaminosos* (Pukiyari Editores, 2013).

Félix Salvador Amicantonio

Nació en Mendoza, República Argentina, el 21 de mayo de 1952. Se destacó desde la edad de 8 años en la actuación radial. A los 16 años comienza a actuar en la Compañía de Mónica Lando en LV 10 Radio de Cuyo. Su vida transcurre en radio, televisión y actualmente en cine. Nominado al Martin Fierro del año 2001 por sus parodias radiales de grandes obras, como *El Padrino* de Mario Puzzo. Se traslada a Ohio con su familia, donde actualmente reside. Comienza su participación literaria de la mano del autor Enrique Infante acompañándolo en Escritores en Español de Columbus. Actualmente, a la par de escribir, acaba de finalizar el rodaje de una película en Cincinnati.

Marisol Rodríguez

Marisol Rodríguez Feliciano es una educadora y poeta puertorriqueña radicada en Ohio. Recibió su Maestría en Pedagogía en la universidad del estado de Ohio donde continuó sus estudios post graduados. Miembro de la Sociedad de Escritores de Columbus. Preseleccionada en el Primer Concurso Internacional de Relatos Pecaminosos Contacto Latino 2013. Su primera incursión en el género narrativo se llevó a cabo en el 2014 con la antología *De Una a Siete* de Pukiyari Editores.

Ani Palacios

 Ani Palacios es comunicadora. Nació y se crio en Lima, Perú. Estudió comunicaciones y periodismo en la Universidad de Piura y en la Universidad de Lima. Llegó a Estados Unidos en 1988 y trabajó en diversas organizaciones en periodismo, mercadeo y relaciones públicas. Dirige *Contacto Latino* y Pukiyari Editores. Ha obtenido el reconocimiento de la crítica literaria de los Estados Unidos ganando múltiples International Latino Book Awards, incluidos 2010 con "Nos vemos en Purgatorio" (Random House/Alfaguara), 2011 con "Plumbago Torres y el sueño americano" (Random House/Alfaguara), y 2014 con la novela de inspiración espiritual, "99 Amaneceres" (Pukiyari Editores). "Noche de penas es su última novela publicada (Pukiyari Editores, 2014). Preside la Sociedad de Escritores de Columbus (Ohio, Estados Unidos). Ha presentado en conferencias universitarias y ferias del libro. A través de *Contacto Latino* lleva a cabo anualmente dos concursos literarios internacionales.

PALOMA AVENTURERA

Ani Palacios

El instante que murió mi abuela se desató un terremoto. Era una tarde fría, triste, de domingo. Como todos los domingos de invierno, las calles estaban vacías, el gris de la neblina y la garúa persistente le daban un aspecto melancólico a la ciudad. Mi abuela murió en mi casa, en mi cuarto, a las dos de la tarde. A las dos y un segundo, la conmoción familiar se hizo peor cuando la tierra tembló por un buen rato. Mi abuela decía que la mayoría de terremotos sucedían en domingo, especialmente cuando el día estaba feo y los vientos fuertes. Muchas veces me lo había dicho a la salida de misa. Apenas pasábamos el portón de madera de la iglesia y ella sentía el viento en la cara, lo decía: «Hoy va a haber temblor, vas a ver». Entonces yo me aprestaba a esperar que su vaticinio se hiciera realidad. Y cuando sucedía, ella y yo sonreíamos. Era como una broma secreta entre las dos.

Y aquel día estaba especialmente deprimente.

Pero mientras todos corrían desesperados, sin saber si quedarse a proteger el cuerpo vacío de la abuela o resguardar sus vidas de los objetos que volaban y caían con furia por toda la habitación, yo permanecía tranquila, casi sonriente, mirando a la abuela, que desde el costado de la cama me miraba con complicidad.

Cuando por fin la tierra dejó de tambalearse, recogimos lo que quedó regado por el suelo de la habitación y mi mamá se fue a hacer llamadas. A pesar de que mi abuela estuvo enferma por meses, saber que "ya no estaría", como dicen ellos, realmente le chocó. Fue la primera vez que vi llorar a mi mamá así, delante de todos, con el maquillaje corrido y el cabello revuelto.

Cuando terminó de avisar a los parientes, se lavó la cara hasta que el rojo de las lágrimas desapareció, se volvió a maquillar, se enderezó el cabello, se cambió a un vestido de luto y regresó a la habitación que compartimos mi abuela y yo. Era ella de nuevo: perfecta. Me miró. Pero realmente no me miró, miró a través de mí. Volteó y abrió el ropero. La sentí moviendo los ganchos, suspirando frustrada, yo solamente quería estar sentada al lado del cuerpo de la abuela, al lado del espíritu de la abuela. «No tienes nada en negro», dijo mi mamá fastidiada. «¿Y ahora qué voy a hacer contigo? ¡Qué vergüenza, no tienes nada en negro! ¿Cómo pude olvidar ese detalle? Si sabía que esto se venía, ¿cómo pude…?», dijo y mirándome entre rabiosa y apenada se echó a llorar y salió de la alcoba.

A los diez minutos regresó con mi hermano y tomándonos de las manos empezó a jalarnos fuera del cuarto, que desde ese momento se conocería como "el cuarto del muerto", y sin escuchar nuestros ruegos nos entregó en casa de los vecinos.

Le prometí a mi madre que no me asustaría, que estar junto a mi abuela era importante para mí. ¿Cómo me iba a asustar si ella me comentó la noche anterior los detalles exactos de su muerte y se despidió de mí? Mami no me hizo caso. Nunca me hacía caso, la verdad. Nos consignó en la casa de enfrente apenas llegaron los de la funeraria con su personal casi mudo, vestido de negro y caminando tan silenciosamente que parecía que flotaran sobre la alfombra. Desde la ventana de mi vecina pude ver todo lo que pasaba en mi casa. Poco a poco fueron llenando la sala de mi hogar con el ataúd, los velones y las tremendas coronas de flores. Vi a mis padres recibiendo a los amigos, todos vestidos de negro, se saludaban casi en silencio, se abrazaban, se daban palmaditas en las espaldas, en los hombros, se decían palabras bonitas, se acercaban al cajón, se hacían los que miraban a mi abuela ahí tendida con su vestido favorito, uno azul oscuro que se ponía cuando salía a cenar con su "amigo especial", se persignaban, se arrodillaban en el reclinatorio, juntaban las manos en actitud de oración, colocaban la cabeza encima de las manos cruzadas, cerraban los ojos, oraban por un buen rato, luego se levantaban, se servían un café tinto, departían con los otros en voz baja. Cuando por fin se aburrían, salían al jardín, se encendían un cigarrillo, poco a poco armaban un barullo allá afuera.

Lo cierto es que los grandes solamente podían ver lo que estaba frente a ellos. Habían perdido su poder de ver más allá, dentro de las cosas y de las personas, de reconocer lo que realmente nos rodea. Desde la ventana de mis vecinos, mi abuela y yo disfrutábamos de aquel velorio. El primero para mí. Ella me iba comentando, explicando lo que estaba sucediendo, me narraba en su propia voz, aquella voz rasposa y melódica que me arrullaba en las noches de verano con historias de cuando ella tenía mi edad, quiénes eran aquellas personas que llegaban a despedirse, qué es lo que realmente estaban pensando ahí, arrodillados, en esa actitud pía.

—No me he ido de verdad. Estoy aquí pero solamente para quienes quieran verme —me dijo, pasando sus dedos tibios por entre los surcos de mi cabello.

—¿Te veré como eres ahora o como fantasma? —contesté. La idea de las apariciones en medio de la noche todavía me asustaba.

—Me verás pero no seré yo, no así, como vieja acabada por la enfermedad que destruyó mi cuerpo. Más bien reconocerás mi esencia. La pasaremos estupendo, te lo aseguro.

Sonreí y levanté mi mirada para verla. Mi hermano Pepe entró en ese momento. Me preguntó con quién cuchicheaba. Le dije que con nadie pero no me creyó. Me respondió que no le tenía respeto a la abuela. Lo miré. Tenía ganas de compartir mi secreto con él pero no lo hice porque Pepe ya tenía la mente de grande y nunca me creería. Me salí de la habitación y a escondidas me fui a explorar la casa. Había estado ahí en un par de ocasiones, pero solamente en la planta baja. Ahora, con todos atentos a lo que ocurría en el velorio, encontré el momento perfecto para escabullirme. Probando por diferentes puertas y escaleras llegué hasta el descampado del techo. Solamente un tenderete con ropa interior y una antena de metal encontré en aquel lugar. Por un pequeño tragaluz podía ver a los vecinos y mi hermano pegados a la ventana que miraba hacia mi casa. Tenía yo mejor vista desde allá arriba. Podía ver no solamente mi casa sino todas las casas en mi cuadra, y más allá, varias manzanas más allá.

Al rato me aburrí de mirar a toda esa gente vestida de negro. Muchos de ellos, completos desconocidos para mí. Me acerqué al muro. Jalé un balde de latón y volteándolo me senté en él. Fingí tener binoculares, haciendo dos cilindros con mis dedos y colocándolos frente a mis ojos. Miré a mi alrededor. En la esquina, perpendicular hacia donde yo estaba, vi la tienda de abarrotes y afuera un grupo de gente. Continué mi exploración y me encontré con la carretilla del frutero, y más allá, el puesto de revistas, periódicos, dulces y cigarrillos. Cuando crucé la pista con mi mirada me encontré con un niño como de mi edad, estaba parado en la esquina opuesta, tenía una carretilla pintada de verde que llevaba una caseta con muchos huequitos con papelitos, arriba de ella vi a un mono. De rato en rato las personas que caminaban por ahí se detenían, le daban una moneda al mono y este les entregaba uno de aquellos papelitos de diversos colores que sobresalían de las casillas.

De pronto el mono armó tremendo barullo. Saltaba de encima de la carretilla al hombro del chico y de nuevo a la carretilla. Le jalaba del hombro. Chillaba. Gesticulaba agitando los brazos. El niño dejó lo que estaba haciendo y empezó a mirar alrededor hasta detenerse en mí. Me sentí detectada y me tiré al suelo para tratar de esconderme, pero ya el mono había cruzado la pista y dando grandes saltos entre las ramas de los árboles se aprestaba a llegar hasta mi escondite.

Me asusté y grité al muchacho:

—Llámalo… Llámalo que me va a morder —clamé asomándome desde el muro.

Escuché al chico reírse.

—Llámalo, no seas malito —gemí y me coloqué el balde de latón en la cabeza tratando de protegerme.

Podía escuchar al mono acercándose. Seguía rogándole al chico pero lo único que escuchaba en respuesta era el eco de mis propias palabras.

De pronto me pareció que el mono se alejaba.

—Ya puedes salir —dijo el chico desde abajo—. Mi mono solamente quería darte la suerte. ¿Ves? —continuó cuando me saqué el balde de encima de la cabeza y me asomé a la calle desde el muro.

Vi que el monito me ofrecía un papelito color lavanda. Le hice un gesto con la mano al chico para que me esperara en la esquina de atrás. Me escabullí saltando de techo en techo de las casas aledañas hasta encontrar uno que me permitiera deslizarme por un balcón hasta la calle.

Me encontré con el chico y su monito, el cual me ofreció por segunda vez el papelito lavanda. Le agradecí con una sonrisa y desenrollé la nota para leer mi suerte.

—«*Muchas aventuras te esperan*» —leí en voz alta.

El mono dio un chillido y aplaudió. Luego se encaramó encima de la caseta.

—¿Estás lista? —dijo el niño.

Lo miré confundida.

—¿Lista?

—Para tus aventuras…

Me sentí curiosa.

—Estoy lista —le dije—. ¿Qué debo hacer?

—Toma este chicle —dijo el niño, entregándome una cajita amarilla—. Si alguien te pregunta dónde estuviste, le dices que saliste a comprar. Mañana, cuando el entierro haya pasado, los invitados se hayan ido, y tu papá y mamá estén durmiendo la siesta, ve al cuarto de tu abuela, entra al clóset, verás una puerta… ábrela.

—¿Qué hay detrás de la puerta? —dije sintiendo un poco de miedo.

—Ábrela y veras —contestó el niño y luego él y su mono desaparecieron.

Hice como él me dijo, y al día siguiente, luego de regresar del cementerio y que todos se fueran a dormir después del almuerzo, me fui a la habitación que compartí con mi abuela, cerré la puerta con picaporte y me encaminé al clóset. Me paré frente a la puerta corrediza y la abrí con lentitud. Mi corazón iba a cien mil millas por hora. Temía que algo malo me sucediera, que saliera una mano inmensa y me jalara, o que un huracán se hiciera allá dentro y me llevara en vilo a otra dimensión, o que algún espíritu expropiara mi cuerpo... ¡tanto podría ocurrir en segundos…! Me moría de los nervios. Temblando, puse mi mano sobre la puerta corrediza. Escuché el chirrido de las rueditas corriendo, de la madera crujiendo, vi mi mano avanzando y la puerta deslizándose hasta quedar completamente abierta. Se trataba de un armario empotrado bastante grande. De vez en cuando me llevaba mi tocadiscos y mis rompecabezas ahí, y, alumbrada por una linterna, me quedaba cobijada por horas. No sé por qué sentía tanto miedo de aquel lugar siempre acogedor para mí, pero de sentirlo lo sentía.

Me detuve frente al ropero abierto. No vi nada de particular interés. Solamente ropa colgada, zapatos arrumados, cajas vacías, y el infaltable olor a bolas de naftalina. Pasé la mano por encima de algunos de los abrigos de piel de mi abuela. Sentí algo moverse, los pelos erizados de animales muertos que volvían a la vida, me dije y salté para atrás. Al ver que no aparecían las fauces de algún coyote, me animé a regresar y meter la mano por entre los vestidos. Avancé hasta que mi cuerpo se encontraba ya a medias dentro de la ropa colgada. De pronto choqué contra algo duro, moví mi mano de derecha a izquierda y encontré un pestillo. Con toda mi fuerza arrimé la ropa hacia los costados y fue entonces que vi por primera vez la puerta roja.

Se trataba de una puerta completa al fondo del ropero, escondida detrás de un mueble de estantes y cajones para guardar suéteres. Moví la cómoda como pude, arrastrándola sobre el piso de madera antigua. No me importó que el suelo quedara arañado. Sentía el suspenso de lo desconocido embargándome. La puerta a la aventura estaba frente a mí, tal como me lo presagiaron el niño y su monito. Mis ojos chispeaban maravillados.

Puse mi mano sobre la perilla e intenté abrir. Nada. Parecía que estaba puesto el pestillo. Zarandeé por un buen rato sin lograr mucho. Me preocupaba que la bulla despertase a los mayores. Escuché el chillido del monito del otro lado de la madera. Puse mi oído contra la puerta y escuché al niño:

—Haz lo que te diga tu abuela —susurró.

—¿Mi abuela? —contesté mientras seguía moviendo la perilla con mis dos manos.

—Está parada al lado tuyo. ¿La ves?

Volteé. La veía claramente, de pie, a mi lado.

—¡Regresaste! —dije entusiasmada.

—Nunca me fui, Paloma linda… ¿Quieres ver lo que hay detrás de esta puerta? —preguntó, me pasó los dedos por el cabello. Podía sentir su ternura, oler su fragancia, ver su porte elegante.

—Sí quiero, Elita —le contesté. El nerviosismo había desaparecido, dejando en su sitio una sensación de aventura.

—Pon tu mano de nuevo sobre la perilla, pero esta vez dirige tu mente y todo tu espíritu. Verás que cuando haces las cosas con todo tu ser, las puertas se abren.

Cruzamos nuestras miradas como habíamos hecho cientos de veces cuando ella vivía y sonreímos con complicidad. Vi mi mano derecha moviéndose hacia la perilla de la puerta, girándola hasta descubrir el vano. Me sentí avanzar extasiada, cruzar el umbral, entrar a otra dimensión. A lo lejos podía ver al niño y el monito, a mi abuela junto a ellos, y una cantidad de gente que no identifiqué, todos se encontraban en la sala de una casa que reconocí de fotos antiguas que la Elita me mostró en una de esas conversaciones largas que tuvimos cuando enfermó y se mudó a mi cuarto, era la mansión en donde vivió mi abuela décadas atrás. Desde ese punto en adelante se convirtió en mi lugar preferido.

RECORDÁNDOLA

Félix E. Quevedo

Conseguir un taxi en las calles de la ciudad no es tan fácil como parece. *Las flores se me van a marchitar por exponerlas al sol*, pienso. Las miro. Tuve suerte de encontrarlas, están bellas. Evoco la suavidad infinita de su piel, la ternura de sus ojos profundos, su sonrisa resplandeciente, la perfección de los lóbulos de sus orejitas, su naricita de botón, su risita.

Ahí va otro taxi vacío, me distraje mirando las flores, mirándola a ella. *Ahora sí, tengo que apurarme, va a ser hora.* Levanto la mano, un taxi se detiene. Entro raudo, le digo al conductor: «¡Al aeropuerto!». Sin responderme, el chofer enciende el taxímetro y partimos.

Tomamos una ruta que conozco bastante bien. Pasaremos por el café donde la conocí, un instante que tengo grabado en mi mente, en mi corazón, en mi espíritu. De perfil la vi por primera vez. Su risa me hizo fijarme en ella. *Mira hacia aquí*, pensé. Obedeció, volteó. Nuestras miradas se cruzaron. Qué belleza. Iluminaba el local con su presencia. Me sonrió y volvió a sus compañeros de mesa. Yo no los conocía. Sin pensarlo, abandoné mi asiento, me aproximé, quería la experiencia de su aroma. Estando a un paso de su ser, se levantó, giró, y de nuevo cruzamos miradas, esta vez a unos cuantos centímetros. «Hola», dije, perdiéndome en sus ojos. «Hola», respondió, sonriendo dulcemente. Así comenzó con un simple… hola.

El vehículo viró a la izquierda. «Este camino es más rápido, hay mucho tráfico por el otro», me explicó el chofer al percibir mi desconcierto. La sorpresa más bien fue porque de todas las calles que hubiera podido tomar, entró en la que vivimos los primeros años de matrimonio. Un piso minúsculo, perfecto para las noches interminables de pasión. En donde aprendí el significado de amarla. En donde disfrutamos de nuestras caricias. En donde fusionamos nuestros espíritus. En donde concebimos a nuestra obra maestra, Eva.

El taxi pasó por el parque en donde tuvimos nuestro primer desacuerdo. El argumento, insignificante, aunque fue doloroso lastimarnos. La reconciliación, inolvidable, tuvimos un momento de sublime intimidad. Fue ese el instante en que descubrí que no podría vivir sin ella, que ella es mi luz, que ella es mi aire.

En ese mismo parque, pocos meses después, paseábamos a Eva en su cochecito las mañanas de primavera de su primer año. El mismo parque que la vio crecer hasta convertirse en una señorita alegre, llena de vida.

El chofer viró a la derecha. Una calle que juré nunca más pisar. Las flores que portaba parecían marchitar. La calle donde perdimos a nuestra Eva. Fue un conductor ebrio, en un cruce diez cuadras adelante. «¿Qué está pasando? ¡Salga de esta calle en este instante!», gruñí. Supo qué hacer para tranquilizarme. Sin decir una palabra, viró a la izquierda. Mi corazón se hundió en el pecho, dejé de respirar por unos segundos recordando. Sobrevivimos la catástrofe. Ella, mi adoración, me rescató de la muerte, su luz, su ternura, su amor, su valentía, su fe en la eternidad me trajo de regreso a la vida.

El puente hacia el aeropuerto apareció de repente. El mismo puente en donde durante una caminata al atardecer me arrodillé y le pedí que se casara conmigo. El cielo estaba anaranjado, la brisa refrescante, el sol a punto de perderse en el océano. Fue el momento perfecto para escucharla decir... «Sí». Con este recuerdo las flores volvieron a la vida, irradiaron un aroma que conocía, el de ella.

Sin darme cuenta, cruzamos el puente. Nos encontrábamos en el aeropuerto. Yo, bajándome de las nubes del pasado. Desperté pensando: *Estoy tarde, el avión ya debió haber aterrizado*. Pagué el taxi, el chofer me agradeció sonriendo y dijo: «Gracias, que el espíritu de Dios lo acompañe». No atiné más que a sonreírle y alejarme apresurado, mi misión era encontrarla. Busqué su vuelo en las pantallas, eran tantos vuelos, no pude encontrar el suyo.

Me dirigí al mostrador de la aerolínea, me identifique y pregunté. Al reconocerme, me dijeron que acompañara a uno de ellos. Caminamos hacia las puertas de seguridad, entrando por un costado. Mi desesperación por verla era incontrolable. Con mucho cuidado revisaron el ramo de flores y me dejaron pasar.

Llegamos a la puerta de desembarque en el instante que el avión se detenía. Mi acompañante dijo algo al oído de la señorita que atendía la estación. Con amabilidad me pidió que esperara. Le supliqué que me dejara verla lo más pronto posible. Mirándome con tristeza, la señorita no supo qué decirme. Uno de sus compañeros se acercó y me explicó: «Señor, en el accidente del vuelo 79 se quemaron casi todos los pasajeros, solo tenemos las cenizas de su esposa».

Entendí por fin la llamada que recibí indicándome que ella llegaba hoy. Lágrimas corrieron por mis pómulos, todo a mi alrededor se oscureció, mi respiración se dificultó. Fijé la mirada humedecida, las flores brillaron y emanaron el aroma de mi amor, de mi vida, de ella, y ella me envolvió. Supe que no vería su luz durante mucho tiempo, pero que me acompañaría en lo más recóndito mientras esperaba el momento de volver a respirar.

REEMPLAZO

Patricia Gabela

—Es ahora o nunca —dijo Susana con una risita nerviosa.

—¿No será mejor que nos esperemos? La casa se quedará vacía —dijo Ramón mirándola a los ojos y buscando su aprobación.

La fiesta estaba en pleno. La música corría a cargo de Pandora radio. El sonido ambiental de la casa era perfecto para que se escucharan las canciones hasta en el jardín.

A pesar de que había una canasta repleta de vasitos de plástico llenos con gelatina de colores con vodka, agua de horchata con tequila, varias botellas de bebidas para deportistas mezcladas con ginebra, algunas botellas de *whisky* barato, ensalada de frutas bañada en ron y nieve de margaritas y *bloody marys*, Lilia, Susana, Ramón y Julián decidieron no ingerir alcohol, querían estar en sus cinco sentidos. Se aislaron del resto del grupo y siguieron hablando de sus planes para esa noche.

La fiesta continuó como se esperaba, había varias parejitas en la sala, en la alberca, en el pasto, junto a los árboles, y hasta en las recámaras. Algunos bailaban al compás de la música, unos pocos cantaban y otros más fumaban en el jardín. Manuela se emborrachó tanto que no podía sostenerse en pie. Luciano estaba vomitando en el piso. El grupito de las cuatro rubias se dedicó a criticar a todo mundo. Todos parecían ocupados y distraídos.

—Este es el momento perfecto —dijo Susana—, nadie se dará cuenta de que nos fuimos.

—De acuerdo —dijo Julián.

Pasaditas las once de la noche, los cuatro se escabulleron silenciosamente y se dirigieron hacia la puerta que conducía al sótano de la casa. Susana guio a sus amigos. Descendieron despacio por unas escaleras iluminadas tenuemente con un viejo foco que parpadeaba una luz amarillenta. Susana llevaba una copa de cristal en la mano.

El sótano parecía el basurero municipal, había bolsas, latas con la pintura chorreada, herramientas, clavos oxidados, frascos vacíos, ropa, juguetes rotos y muchas cosas más. Se abrieron paso entre cajas y libros viejos hasta llegar a una mesa arrumbada en el rincón más lejano. Todo estaba en penumbras, no había más luz que la del viejo foco.

—¿Qué necesitamos? —susurró Julián.

Aunque habían cerrado la puerta se seguía escuchando la música y los gritos. El techo parecía que se iba a derrumbar con cada paso que daban los invitados a la fiesta.

—Estuve investigando y en el Internet leí que es posible hacer una Ouija con pedazos de papel y una copa de cristal —dijo Ramón con esa seguridad que lo caracterizaba—. Tengo toda la información.

—Yo vi también algo y por eso me traje esta copa de arriba —respondió Susana.

Ramón sacó de su bolsa unas hojas de papel dobladas, medio arrugadas, y un marcador. Le dio el material a Julián, pidiéndole que rasgara las hojas para hacer cuadritos de papel y pusiera una letra del alfabeto en cada uno. Julián escribió las letras, todas mayúsculas, muy bien trazadas para que no hubiera confusión y también los números del 0 al 9. En dos cuadros un poco más grandes, las palabras SÍ y NO.

Quitaron todo lo que estaba encima de la mesa, con excepción de dos velas viejas y chorreadas que estaban sobre unos candelabros de madera. Ramón traía en su bolsa un encendedor ya que estaba comenzando a fumar. Arrimaron unas sillas, con el tapiz raído, que encontraron tiradas debajo de la escalera. Susana encendió las velas. Julián colocó las letras del alfabeto y los números sobre la mesa, formando una circunferencia perfecta. Adentro del círculo, arriba a la izquierda, la palabra SÍ; y a la misma altura, al lado derecho, la palabra NO.

Susana colocó la copa de cristal bocabajo en el centro del círculo.

—Me han contado que sí funciona y que los espíritus nos darán todas las respuestas —dijo Ramón.

—¿Y a poco lo crees? —dijo Susana.

—Sí, y también me dijeron que tenía que ser con exactitud a la medianoche. Me muero de la curiosidad por comprobarlo —sonrió Ramón con la excitación que da enfrentarse a lo desconocido.

—He visto en las películas que primero hay que hacer un ritual para invocar a los espíritus. Tenemos que agarrarnos de las manos, cerrar los ojos, concentrarnos y repetir: «Espíritus de los antepasados, háganse presentes». Es importante la concentración para que se muestren —indicó Susana con un aire de suficiencia.

«E s p í r i t u s de los aaannnnttteeeepppppaaaasssssaaaaddddoooooossssss», se oyeron las voces de los cuatro, seguidas por unas carcajadas.

—No se rían —dijo Susana con convencimiento—, si no lo tomamos en serio, no funcionará.

—¿Y cómo podremos tomarlo en serio si el escándalo de la fiesta nos interrumpe a cada rato? —argumentó Julián.

Susana no creía en absoluto en eso de los espíritus, apariciones y fantasmas, siempre consideró que no existían. Esto le parecía solamente un juego. Ella disfrutaba viendo la cara de Lilia, quien se moría de la preocupación, sintiendo desasosiego al pensar que en realidad se podría aparecer alguna de esas almas.

Los cuatro siguieron invocando a las ánimas hasta que después de tanto repetir las mismas palabras dejaron de reírse.

—Faltan algunos minutos para la medianoche. Ahora pongamos los dedos sobre la copa —dijo Ramón.

Lilia comenzó a temblar, un pavor tremendo la invadía.

—Yo mejor me voy, no quiero jugar, puede ser peligroso —y terminando la frase, Lilia intentó alejarse.

—Tú no vas a ningún lado —refunfuñó Susana tomándola del brazo—. Tenemos que ser cuatro y no nos vas a echar a perder la noche.

—¡Por favor déjenme ir! —suplicó Lilia con los ojos humedecidos.

—Ya estamos todos en esto y nadie se irá, además te necesitamos —alegó Susana.

Todos pusieron sus dedos índices sobre la base plana de la copa. Las yemas apenas rozaban el cristal y sus manos no se tocaban entre sí.

—¿Quién quiere hablar primero? —dijo Julián.

—Yo —dijo Susana—. Espíritus, ¿están ahí?

La copa comenzó a moverse hacia la palabra SÍ. Se escucharon las risas de los cuatro.

—¿Quién la movió? —inquirió Ramón.

Ninguno respondió. Susana bajó la mirada, no quería que sus ojos la delataran y se dieran cuenta sus amigos que fue ella.

—¿Seré el capitán del equipo de básquetbol? —trató de averiguar Ramón.

La copa se movió nuevamente hacia la palabra SÍ.

—Lo sabía —dijo Ramón, con un aire de superioridad al que sus amigos estaban acostumbrados.

Ramón pensaba que Susana movía la copa, Lilia pensaba que Ramón, y Julián pensaba que era Lilia mientras Susana a su vez pensaba que era Julián.

—¿Cristina será mi novia? ¿Tendré mi Corvette rojo? ¿Seré dueño de una isla paradisíaca? ¿Viajaré por todo el mundo? ¿Heredaré las empresas financieras de la familia? —se escuchó nuevamente la voz de Ramón, quien hacía una pregunta tras otra. La copa se movió dando todas las respuestas esperadas.

Las frases de Julián, Ramón y Susana se amontonaron, encimándose en ocasiones. La copa se movía a diestra y siniestra dando respuestas. Por tanta curiosidad nadie se percató que Lilia no hizo ni una sola consulta.

Lilia comenzó a sentir una brisa suave que le cosquilleaba la piel. Era extraño porque no había ventanas en ese lugar y la puerta que comunicaba al piso de arriba, la única salida del sótano, estaba cerrada. La envolvió un frío que le calaba los huesos. Con voz entrecortada y labios temblorosos que comenzaban a amoratarse les pidió que pararan de jugar con fuerzas desconocidas. No hicieron caso y siguieron con el interrogatorio. La brisa, paulatinamente, se convirtió en viento, las flamas de las velas se bamboleaban de un lado para otro casi apagándose con las ráfagas. La copa comenzó a moverse sin tener algo específico que manifestar, parecía tener vida propia. Los cuatro quitaron los dedos de encima del cristal y la copa siguió desplazándose sola. Se quedaron paralizados sin poder articular palabra. El viento siguió aumentando en intensidad, volando los papeles de la Ouija, cartones, plásticos y basura que había en el sótano y revolviendo los cabellos de los cuatro. Se generó energía estática y el pelo de los amigos se irguió. Un halo misterioso comenzó a girar alrededor de Lilia, descendiendo lentamente hasta cubrir su cuerpo en una neblina de doradas partículas eléctricas. Susana, Julián y Ramón no pudieron emitir sonido alguno, solo miraban con los ojos desorbitados. No daban crédito a lo que estaban viendo. El encaje de electrones que envolvía a Lilia comenzó a tomar forma, poco a poco se fue convirtiendo en la imagen tridimensional de una joven de 17 años que vestía ropajes antiguos. El parecido físico con Lilia era impresionante. Susana se levantó de golpe y trató de correr. Sus pies se enredaron con una cuerda, haciendo que se estrellara contra la pared de bloques de cemento. Al caer se raspó la cara, los brazos y las piernas, dejando en la pared pedazos de piel ensangrentados. En cuanto pudo se desató los pies y brincando y esquivando objetos que volaban en todas direcciones, se escabulló despavorida hacia la escalera. Ramón aventó su silla contra un librero que se le venía encima, apenas a tiempo para detenerlo. El mueble no lo golpeó pero el movimiento hizo que los platos y tazas de loza que estaban almacenados ahí se rompieran en trozos punzocortantes. Los pedazos, que volaban en todas direcciones, se le incrustaron en la cara, también se le clavaron en los brazos y el cuello. Así herido, con los pedazos de vajilla adentro de su piel y escurriendo sangre, corrió lo más rápido que pudo, subió las escaleras casi arrastrándose y se alejó del lugar. Julián se quedó pasmado, no logró moverse. La hermosa joven etérea se posó sobre la piel de Lilia, fundiéndose con ella en un solo ser. Julián quiso gritar pero no le fue posible. Se levantó. Trató de correr. En su intento se tropezó con lo que había en el suelo, se cayó golpeándose la cara, estrellando las costillas sobre las latas de pintura. Se levantó sangrando copiosamente por la nariz y con un dolor intenso en el vientre. Con dificultad, subió la escalera y abrió la puerta para escapar. La puerta se cerró detrás de él. Ninguno de los tres trató de ayudar a Lilia. La dejaron con los ojos en blanco, retorciéndose, arqueándose, y en medio de unas espantosas convulsiones.

La fiesta se terminó. Los invitados no se percataron de lo que ocurrió en ese sótano. Los tres amigos no supieron, ni quisieron enterarse de lo que había pasado con Lilia. Jamás cruzaron palabra entre ellos.

A partir de ese día, Ramón quedó con la cara llena de cicatrices. No puede conciliar el sueño porque en cuanto cierra los ojos aparece en su mente una imagen de Lilia, pálida, con los ojos desencajados rodeados por unas enormes ojeras, con el cabello flotando en desorden, y con la mano extendida invitándolo a jugar la Ouija.

Susana vive ingiriendo barbitúricos para tratar de sobrellevar los ataques de pánico que le dan constantemente. Cada vez que se mira en el espejo, jura que ve a Lilia junto a ella, la distingue demacrada. Lilia parece murmurarle algo al oído aunque no alcanza a escuchar lo que le dice. Susana asegura que Lilia, tarde o temprano, vendrá a llevársela.

Julián fue declarado esquizofrénico porque ve y oye a Lilia en todo momento, siente que está a su alrededor, que se aproxima al punto de contacto, y que si no se mueve rápidamente, ella le apretará el cuello con sus cadavéricas manos hasta asfixiarlo. Sus padres tuvieron que internarlo en una clínica siquiátrica.

Y Lilia... ella... todos los días, exactamente a la medianoche, sale a tratar de encontrar su reemplazo mientras responde cuestionamientos de muchachos jóvenes que deciden hacerle preguntas tontas a la Ouija.

LA PRIMERA IMPRESIÓN

Amílcar Araujo

Sho-Won-Lin llegó al aeropuerto internacional de Beijín a bordo de la limusina Mercedes en la que el chofer de la familia y su escolta de seguridad la acompañaban doquiera que iba. A través del cristal, ella perdía su vista en el horizonte y no podía evitar soñar que era libre del yugo que la vida de opulencia y las tradiciones familiares le imponían. Ahora, su viaje a los Estados Unidos le daba la esperanza de ser una joven como cualquier otra.

Se detuvieron frente a un hangar privado. El chofer abrió la puerta. Su padre salió de una segunda limusina mientras los cuatro corpulentos guardaespaldas, se alineaban para recibirlos. La frágil y bella jovencita descendió y le siguió su leal nana, Lee-Pow. El séquito la acompañó hasta la escalinata del avión B-777 privado, su padre le dio un beso en la frente y le dijo: «Tengo que hacer esto por tu seguridad. Nunca reveles quien eres».

****

El inicio del nuevo año en el *high school* era emocionante para un *freshman* pero a la vez, lleno de tensión.

—Edi, ¿metiste tu calculadora a la mochila?

Sus padres, ingenieros, eran perfeccionistas compulsivos, y él no podía darse el lujo de omitir detalle sin llevarse un largo sermón. Tenía que llevar en su mochila todo lo que la lista de sus padres prescribía. Perfectamente arreglado, para lo que ellos llaman "la primera impresión" con sus maestros y compañeros de clase, parecía más un joven modelo de revista de modas que un adolescente normal. Su madre revisó personalmente que todo estuviera en su lugar y que, antes de salir para abordar el gran autobús amarillo, fuera bien peinado, su ropa luciera impecable, y no olvidara su lonchera llena de comida orgánica.

—No hay una segunda oportunidad para una primera impresión —su padre repitió varias veces, apoyando los interminables consejos de su madre.

Amenazaron con llevarle a la parada del autobús, pero la violenta reacción de Edi (como lo llamaba su familia) los hizo comprender que él tenía la edad para valerse por sí mismo.

Los pasillos de Freedom High School eran como un hormiguero. Abrazos entre amigas y apretones de mano entre los muchachos que volvían a verse después de todo un verano. Para Eduardo todo era nuevo. Buscó su casillero. De pronto sintió un fuerte empujón que lo lanzó de bruces contra el suelo de granito.

—Idiotas *freshmen*, no saben ni caminar —Eduardo, aún tirado, sintió un fuerte pisotón en la mano izquierda donde sostenía el papel con su número de casillero y la clave para abrirlo—. Apunta este número y la clave "Monstruo"; se pueden conseguir cosas buenas de los casilleros de los nuevos.

Risotadas e insultos interminables siguieron. Eduardo sintió que el papel hecho bolita le golpeaba la cabeza y solo vio las espaldas de unos corpulentos buscabullas con las chamarras características de los *seniors*. Estaba muy adolorido en su cuerpo y orgullo como para incorporarse sintiendo las risas de otros mirones como un baño de agua helada. Alguien lo tomó del brazo y lo ayudó. Quedó paralizado ante lo que vio. Era una joven oriental, que detrás de sus grandes gafas para el sol, revelaba un rostro delicado y perfecto, como esas figuras de porcelana que traen los turistas del lejano oriente. Ella, con fuerte acento, se dirigió a él:

—¿Estas bien?

—Ss-sí solo un poco adolorido.

—Tienes sangre en la nariz… oh, y en la mano…

—Sí duele… pero ya voy al baño… gracias por tu ayuda —Eduardo sacó su pañuelo, que era parte de la lista que le hizo su madre, y con él oprimió su adolorida nariz—, yyy-yo soy Eduardo —dijo un tanto gangoso por la presión para detener la hemorragia.

—Sho-Won-Lin... mi familia me llama Lin, me tengo que ir... ¡cuídate!

Eduardo completó esa fabulosa primera impresión al ver a aquella figura delicada y perfecta alejarse en sus entallados *jeans*.

La vida en el *high school* no era fácil, los "bulis" se habían apropiado de la escuela y las autoridades hacían poco para combatirlos ya que muchos de ellos eran atletas que hacían que la escuela tuviera cierto renombre y un buen presupuesto.

Pasaron algunos días. Eduardo estaba con un grupo de nuevos amigos, en el patio, durante un receso, cuando Lin pasó y se detuvo a saludarlo. Habían iniciado una placentera conversación cuando el "Piraña", capitán del equipo de futbol, se acercó al grupo y les ordenó que sacaran todo el dinero que tuvieran porque él tenía hambre. Eduardo le estaba diciendo que los dejara en paz, cuando el grandulón le tiró un repentino golpe a la cara que lo podría haber dejado inconsciente si no hubiera sido detenido por la delicada, pero fuerte, mano de Lin. El "Piraña" trató de golpear a la joven con su mano libre, pero Lin, en un movimiento felino, torció su brazo colocándose a sus espaldas y de un empujón lanzó por los aires al corpulento jugador de futbol. Lo que presenciaron los dejó sorprendidos y en silencio por unos segundos para después irrumpir en aplausos y gritos de aprobación.

—Eh... mis lecciones de Kung-Fu... —dijo la joven titubeando al verse observada.

—Gra-gracias —comentó Eduardo rascándose la cabeza, incrédulo ante lo que vio.

La enigmática joven acarició brevemente la mejilla de Eduardo y se retiró con su usual caminar seguro y cadencioso.

Desde ese entonces Eduardo y Lin se reunían en la escuela con frecuencia para platicar. Siempre con el riesgo de ser atacados nuevamente por un grupo de peleoneros. Lin y Eduardo se veían también unos segundos antes de que él se subiera al autobús que lo llevaría cerca de casa y ella fuera recogida por la limusina negra con su nana, Lee-Pow, a bordo. Lin no comentaba con su nana acerca de su amistad con Eduardo, sabía que Lee-Pow era discreta pero si su padre se llegaba enterar de que tenía un amigo cercano, se molestaría seriamente y, tal vez, la regresaría a China.

La noche del primer evento social llegó, Lin estaba radiante, con un vestido largo de seda roja que dejaba ver sus hombros y su espalda. Eduardo, después de una estresante excursión por las tiendas de moda masculina con sus padres, había seleccionado un traje gris acero, una camisa blanca y una corbata de seda azul que lo hacían ver muy apuesto. Se encontraron a la entrada del gimnasio y Eduardo ofreció su brazo a Lin, quien lo tomó sonriente.

—¿Puedo preguntarte algo? —Eduardo trató de ser sutil.

—Pregunta y yo sabré si respondo —dijo Lin con una sonrisa misteriosa.

—Tus gafas oscuras, nunca te las quitas…

—Sí… —dijo la joven nerviosamente—, no debo quitármelas porque tengo… una afección en los ojos.

—Daría lo que fuera por verlos, apuesto a que son el complemento perfecto a tu belleza.

Lin sonrió y entraron juntos al gran gimnasio donde la música sonaba con intensidad. En un oscuro rincón, cuatro corpulentos *seniors* tramaban algo mientras no le quitaban la vista de encima a una pareja que bailaba, platicaba y reía disfrutando el momento. A una señal del "Piraña", el "Coloso", un tacle también del equipo de futbol, caminó directamente hacia ellos.

—¡Hey!… es mi turno de bailar con ella… —tomándolos por sorpresa le dio un jalón a Eduardo que lo separó bruscamente de Lin. En ese momento las luces se atenuaron porque el DJ cambió de canción y Eduardo, en una distracción del "Coloso", jaló a Lin y ambos se perdieron entre la multitud aprovechando la oscuridad. Salieron del gimnasio y al dar la vuelta en un pasillo, se encontraron emboscados por los otros tres "bulis".

—Vaya, vaya... ¿a dónde van con tanta prisa? —el "Piraña" se frotaba las manos como preparándose para disfrutar el momento. El "Coloso" se les unió bloqueándoles el paso a sus espaldas, por si querían huir, y sujetó bruscamente a Eduardo inmovilizándolo—. Vamos a ver esos lindos ojos rasgados.

La mano del "Piraña" fue detenida en su viaje hacia las gafas oscuras de Lin por la delicada pero firme mano. Pero esta vez él estaba preparado e inadvertidamente su otra mano, con una nudillera de acero, golpeó el rostro de Lin rompiendo la pata de sus gafas e hiriéndola. Ella cayó sobre sus cuatro extremidades mientras sus anteojos rotos volaban lejos de ella y una línea de sangre se dibujaba en la blanca mejilla. Aún con la cara mirando hacia el suelo, su voz dejó de ser delicada y se tornó grave y áspera.

—¿De veras quieres ver mis ojos? —resonaron las palabras de Lin por todo el pasillo sorprendiendo a los agresores. El "Coloso" aflojó por un momento y Eduardo pudo soltarse pero el jalón lo lanzó hacia la pared, golpeándose la cabeza. Perdió la consciencia.

Aquel cuarteto no se pudo mover al ver que Lin se envolvía en una luz verdosa. El delicado vestido se rompió dando paso a una larga cola escamosa que atrapó al "Gorila" y al "Yumbo" arrojándolos violentamente sobre una de las paredes del pasillo. El "Coloso" quiso correr pero de la espalda de ella emergió un ala como la de un murciélago gigante, bloqueándole el paso y dándole un certero golpe en el cuello, dejándole sin habla y con dificultad para respirar.

El cuello de Lin se empezó a alargar y se cubrió de escamas. Sin mover su cuerpo, su cabeza se acercaba a la cara del "Piraña". Ella se estaba convirtiendo en un descomunal reptil alado.

—Quieres ver mis lindos ojos rasgados, ¿nooo? —se escuchó de nuevo esa voz grave y amenazante proveniente de la cabeza de Lin en el extremo de ese cuello de reptil, mientras el "Piraña", paralizado por el miedo, intentaba gritar, sin poder lograrlo.

El "Gorila" y el "Yumbo" salieron un poco de su aturdimiento y corrieron despavoridos. Eduardo se mantenía inconsciente tirado a un lado de la escena. El "Coloso" sujetaba su cuello lastimado con la mano, tosiendo y respirando con dificultad, pero se incorporó y huyó. Mientras el "Piraña" retrocedía, los ojos de Lin crecieron, tomaron un tono verdoso claro y sus pupilas redondas se tornaron en una raya vertical.

—Aquí están mis ojos rasgados… querido.

El "Piraña" orinó sus pantalones, mientras la cara de Lin crecía en un hocico lleno de filosos dientes y sus mejillas se volvían escamosas y llenas de protuberancias puntiagudas. El pánico llegó a un extremo en el que el "Piraña" se desplomó sin sentido.

—Eduardo… despierta… ¿Estas bien? —una suave sacudida trajo a Eduardo a la consciencia y su vista nublada se fue aclarando poco a poco.

Vio el bello rostro de Lin mientras ella, arrodillada en el suelo, lo sostenía entre sus brazos. Él se incorporó poco a poco.

—Tu vestido… está desgarrado —Eduardo se quitó el saco y gentilmente se lo puso sobre la espalda.

—No te preocupes, lo importante es que estés bien.

—Estoy avergonzado de no haberte defendido… ¿cómo lo hiciste?

—Bueno… siempre hay una segunda oportunidad para una primera impresión.

Al día siguiente la prensa del pequeño pueblo decía en sus encabezados que tres jóvenes integrantes del equipo de futbol americano habían abusado del alcohol al punto de la alucinación, asegurando que había un dragón en la escuela. Pasarían una semana en la cárcel y tendrían que hacer trabajo social para expiar su culpa. La escuela los expulsó. El "Piraña" fue internado en un hospital siquiátrico.

Después de unas semanas del incidente, Eduardo y Lin sellaban su amor con un pacto de sangre y un beso. Extendieron sus alas y volaron hacia la luna llena.

VIAJERA

Marisol Rodríguez

Desplomada. Allí estaba, Coral, arremolinando las fuerzas restantes para regresar. Conocía muy bien el lugar: un camino subterráneo, húmedo, oscuro, con temperatura constante que parecía iluminarse con sus pisadas. Ese camino daba paso a la cueva. En el centro brillaba una hoguera. Las llamas parecían bailar al ritmo de los tambores y sus crepitaciones platicaban con el alma.

Los demás siempre estaban ahí. El grupo que tocaba los tambores habitaba el perímetro de aquella caverna. Con el reflejo de la luz, sus caras lucían tan variadas como los colores de los suelos terrestres. Sus tambores eran grandes, pequeños, gigantes. Estaban hechos de calabacines, troncos huecos, carapachos de tortugas y cuerpos orgánicos desconocidos. Lo que sí sentía era que aquellos tambores no eran ordinarios. Eran sacrificios y ofrendas de piel animal y músculos vegetales. Algo más los distinguía, su música era solo una… era el palpitar de la vida. Ese ritmo fue su desfibrilador mientras yacía en el suelo como un despojo de humanidad.

Ella podía verse tirada en el suelo. Al empujar sus párpados vio a la mulata de ojos brillantes, con su falda ancha y larga terminada en volantes y su cabello escondido debajo del precioso laberinto que formaba su turbante blanco. Ella fumaba su puro y se encargaba de la bienvenida en la entrada. Era la facultada para envolver en humareda a los visitantes, y así purificarlos. Al otro extremo, divisó al hombre de cabello largo cuya piel se asemejaba a una pared de arte rupestre, tan alto como su lanza casi de tres metros, siempre estoico, en silencio; era el guardián de aquel lugar. Él lograba aparecer y desaparecer en cualquier localidad de la cueva. Junto a la hoguera estaba La Abuela de las Lágrimas, cuyo regazo sabía extraer el dolor más profundo y transformarlo en luz. La Abuela alimentaba el fuego con la habilidad que los siglos le brindaban. Cada pedazo de leña cobraba santidad en sus manos ligeramente agrietadas por el calor.

Frente a los tambores estaba La Banda de los Gitanos, eternamente confabulando para arrancar una risa o carcajada. Sus acrobacias, panderos y guitarras siempre transportaban a Coral hacia adentro de su alegría. En aquel momento, sus oídos siguieron los misterios de los punteos a pesar de que estaba muy cansada.

Comenzó a recordar, como si fuese una alucinación, el día en que los conoció. Ellos, y mucho menos ella, se imaginaban la posibilidad de su encuentro. Lo que sí fue cierto es que el regreso le duró casi tres días. Se sintió exhausta. Por tres jornadas su piel quedó con una sensación de cosquilleo, como cuando una descarga eléctrica recorre el cuerpo. Sus pensamientos se tornaron en una neblina espesa, la que ella debía navegar diariamente un tanto sonámbula. Después del estupor de esos tres ciclos comprendió lo sucedido. Fue entonces cuando el miedo se apoderó de su ser. Había pensado que su ignorancia la dejaba vulnerable, precisamente en el centro de la nada y el todo. Eso era mucho más peligroso que la muerte del cuerpo.

La Banda de los Gitanos logró explicarle en su segundo peregrinaje a csc otro universo lo acontecido; cosa que ellos mismos tuvieron que investigar porque nunca fueron visitados con anterioridad. Le dijeron: «No sabemos cómo, pero llegaste abriendo tres dimensiones paralelas. El cansancio que sentiste se debió a que cada una de tus vibraciones tuvo que ser reconstruida en el espacio billones de veces para lograr la velocidad necesaria. Sabemos que has regresado. Ahora tus longitudes y amplitudes demuestran más agilidad. La primera vez corriste el peligro de no regresar a tu cuerpo en dimensión alguna». Esas palabras hicieron que aquel acontecimiento cobrara razón de lleno. Coral entendió. Entonces le dijeron: «Al tú entrar, se quedó el camino. Somos nosotros los que viajaremos ahora. Solo pronuncia nuestro nombre sagrado y allí estaremos... o nos podemos encontrar a mitad de peregrinaje». Desde entonces, cada vez que visitaban se anunciaban con sus panderos y sus carcajadas alegres que resonaban en las paredes de aquella gruta.

Hoy, Coral se siente mucho más agotada que el día en el cual visitó La Banda de los Gitanos por primera vez. Su leal compañero está tendido frente al fuego. Sus ojos amarilloverdosos fijados en la hoguera; procurando recorrer desde el anaranjado de las llamas hasta el azul para recobrar su aliento. Coral ha intentado varias veces ponerse de pie, no ha podido. Su mirada penetra los ojos de su compañero animal. Es en vano. El círculo se cierra. Parecen estar preparados: hoy sería la transformación.

LA LOBA

Félix Amicantonio

¡Hala!, ¡pero miren quién está aquí! Hola, ¿cómo estás? ¿Es que no me conoces? Sí, sí me conoces, soy yo, ¿te acuerdas? El que te sacó de la trampa que te tenía asida de los cuartos traseros cuando habías perdido el rastro de tu manada; el que te curó, te desinfectó y te vendó, te dio a beber agua y te alimentó aquellas cuatro semanas. ¿Recuerdas cómo logré esconderte de los otros pastores que te buscaban? Sus perros habían seguido tu rastro hasta aquí, ¡joder! ¡Que me costó convencerlos! ¡Que cómo iba a tener un lobo en mi cabaña! ¿Que estaban locos?

Después, cuando estuviste bien, te puse en la senda de los tuyos y te fuiste. Aquella vez eras una loba muy joven, novata, y por eso caíste; pero, ¡vaya!, creciste, ahora eres todo un hermoso ejemplar. ¿Qué pasa?, ¿por qué me muestras tus fauces? Ah, ya entiendo, te han enviado a ti a hacer la faena, estás sola, o no, ¡ajá! ya veo, la manada está contigo, claro, tienen hambre, es invierno y la caza no abunda, ¡aparte con esta tormenta! Y aquí me tienen, a su merced, estoy enfermo, con esta pulmonía que no me deja mover, y yo tirado, en medio de la nieve, y la fiebre que me sigue subiendo.

Sé que pariste, ¡qué hermosa cachorra tienes!, ¡claro que la vi!, estaba jugando en el prado, bella, igual a ti cuando eras cachorra, sí que te conozco de esa época. A ti también te vi jugar en el prado. ¡Cuídala!, enséñale lo de las trampas, dile que también tiene que protegerse del hombre. Veo que te mandaron a ti, como si quisieran castigarte por haber estado conmigo en la cabaña. Comprendo, tú eres de la manada. Bueno, haz tu trabajo, solo te pido un favor, hazlo rápido, enfila tus fauces hacia mi garganta y desgárramela de un solo golpe, haz que me desangre y mi corazón quede seco y deshecho, no me hagas sufrir mucho, ¡¡¡HAZ-

LO, HAZLO YA!!!

«Informa la crónica policial, que a fines de noviembre de este año, en su propiedad, ha sido encontrado sin vida, el pastor conocido como Julio Valderrama y Garcés, viejo habitante de este pueblo. Según el médico forense, su deceso se produjo por una infección pulmonar. Lo llamativo del caso, es que además de tener en su rostro una sonrisa benévola, tenía su mano derecha destrozada a dentelladas».

Receta para una ilusa

Ani Palacios

Tengo una amiga que se cree todo lo que sale en Internet. Y no solo se lo cree, ¡lo comparte!, que es incluso peor. Prefiero pensar que no lee lo que reenvía a concluir que mi amiga es una boba. Pero es que hay que ser caído del palto (o del árbol de aguacate, para mis amigos mexicanos) para no entender que un gran porcentaje de lo que circula en línea es *bambeado*, escrito maliciosamente por alguien que disfruta tergiversando un pedacito de verdad y lanzándolo en ese pozo sin fondo ni reembolsos que es el ciberespacio, para luego gozar al ver su obra crecer y crecer entre las ágiles teclas de ilusos como Rox.

«La ONG Banqueros Sin Fronteras lanza una campaña de solidaridad con los desahuciados. Sorteará una tienda de campaña cada mes. Se entregará al agraciado junto con su orden de desahucio».

Ella feliz. La ingenuidad y la falta de materia gris son primas hermanas.

«37 muertos por sobredosis de marihuana en Colorado, EE. UU., en el primer día de venta libre».

Se pasa gran porcentaje de sus horas frente al computador, capturando y *reposteando* (que no es una palabra del diccionario pero igual se usa), buscando y compartiendo, escrudiñando el vasto espacio cibernético y escogiendo.

«España otorgará la ciudadanía a marroquíes que renuncien al Islam».

A veces... muchas veces... ¿para qué mentirme?, la mayoría de las veces, le agrega comentarios de su propia cosecha. Obviamente ni siquiera se toma el trabajo de corregir errores gramaticales.

«No lo pedo krer¡ kom ay perosonas tan mualas?». *«Matanza de perros fue ordenada por la alcaldesa de Barranquilla».*

¿Vivir en su mundo será mejor?, me pregunto con frustración cada vez que mi computadora, mi teléfono y mi tableta me hacen un bingdingping BINGDINGPING bingdingping simultáneo. Salto para ver quién se murió y me encuentro con la última de Rox.

«Aseguran que tras un estudio realizado en Alemania, el contemplar los pechos de una mujer durante diez minutos alarga la vida en los hombres». Esta última la acompañó de un *selfie underboob* dedicado a los muchachos. ¡Por Dios, Rox, ni que las Chi-Chi-Chicas estuvieran como para mostrarlas en público! Pero ella embobada con la idea de alargarle la vida a alguien. ¡Que alargó algo, alargó algo ese día… pero no fue una vida!

«Los ejecutivos de McDonald se han quedado petrificados cuando se dieron cuenta de que fueron distribuidos más de 5,000 preservativos con su menú infantil Happy Meals en lugar del juguete que suele acompañarlo». «No hay que yir a cmer ayí», escribió Rox. Esta vez me consolé al ver que el *ayí* mal escrito por lo menos mostraba orgullosa y correctamente la tilde sobre la "í".

Yo adoro a mi amiga, pero mi tolerancia para con su inocencia tiene límites. ¿Cuántas veces quiere que ponga «Amén» a algo para que se me haga un milagro en ese instante? No, ya no quiero mandar ningún mensaje a diez amigas para jorobarlas con el tema de tener que reenviarlo de inmediato si quieren un milagro. ¡Joder con los milagros! Mi milagrito: que Rox despierte de estas pendejadas, nunca sucederá. ¡¡¡Argh!!! ¿Cómo puedo ser cómplice de la estafa de la lotería de Microsoft? Estoy segura que el bicarbonato de sodio no cura el cáncer. La foto de John Lennon tocando con el Ché Guevera es falsa. ¿Y de todos modos, a quién mierda le interesa?

Rox es como una vendedora de puerta en puerta que se ha quedado atascada en una puerta: la mía. Y no tengo el corazón para decirle la verdad.

Pero hoy he decidido que la cosa termina aquí. Tengo que quitarle la mamadera de una buena vez. Quisiera simplemente desconectarla por un mes, a ver si se le arregla. Me la podría llevar a algún lugar remoto y hacerle una terapia de desintoxicación. No… Rox nunca dejaría sus redes sociales por tanto tiempo… si no las suelta siquiera cuando se va a dormir. ¡Me ha *texteado* sonámbula! La única manera de convencerla es usando el Internet. ¿Pero cómo? ¿Cómo convences a un pseudociego de que realmente puede ver?

Me acuerdo de esa película del siglo pasado… ¿cómo se llamaba...? (creo que era *Wag the dog*), y me siento mejor porque un plan empieza a desarrollarse en mi mente.

Demoro unas semanas en ponerlo todo junto, catorce días de agonía mental sabiendo que esto ya acaba. Al día quince lanzo la primera granada cibernética. No es creativa para nada, pero Rox se la cree, y eso es lo único que cuenta.

«*Un meteoro se aproxima a la Tierra, tenemos solamente cuarenta y ocho horas para llegar a un refugio en la montaña*».

Me envía el blog que yo he plantado en su *Feis*. Está fuera de sí. Le digo que estoy preparada, que de inmediato paso a recogerla.

La encuentro hecha un mar de lágrimas, corriendo por todo su departamento tratando de juntar en una mochila sus bienes más preciados. Le pido el teléfono y su tableta. Le digo que han dicho en las noticias que las irradiaciones magnéticas gama-beta-teta que salen de los teléfonos aceleran al meteoro y que han pedido que mantengamos al planeta en silencio total. «Pero no le he avisado a nadie», se queja. La miro con cara de sargento. Me entrega sus aparatos. Puedo ver que tiembla, los efectos de la abstinencia se muestran de inmediato.

En el automóvil empieza a recitar pasajes de la Biblia. Rox es también "loquita Dios", obviamente tenía que ser así. Queda clavada en un fragmento que la pone ultra nerviosa.

«Los cielos pasarán con gran estruendo, y los elementos se-
rán destruidos con fuego intenso, y la Tierra y las obras que hay
en ella serán quemadas».

Quiero decirle la verdad, pero ya estoy embarcada. Me habla
del terremoto de Chile, del de Japón, de las trompetas del Apoca-
lipsis que escucharon en Comodoro Rivadavia, me pregunta si
enfrentamos el meteorito 1950 DA, el que los científicos dijeron
podría acabar con la vida en la Tierra cuando colisione con la
superficie del planeta. Me quiero reír pero en lugar de eso me
pongo seria y le contesto que no estoy segura del nombre, y luego
le digo que tal vez sí, quiero que tenga dudas, que se quede conmigo. La tengo que espantar o no logro mi cometido.

En la calle pasamos cerca de manifestaciones y Rox se altera,
piensa que son peregrinos dirigiéndose a pie al refugio en lo alto
de las montañas. Al doblar una avenida escuchamos a lo lejos
unas trompetas, yo sé que son de un restaurante mexicano pero
me muerdo la lengua, literalmente, cuando ella alucina a los án-
geles acercándose. ¡Me hago la pila! No sé cuánto podré aguantar. Me habla de las pestes, de las guerras, de los pecadores, los
siete sellos, los falsos profetas, el ébola, y del arca sino-tibetana
que nos podría haber salvado si hubiésemos estado en la China y
comprado pasajes con anticipación. Me provoca cachetearla. En
su mente se recuecen tantas cosas al mismo tiempo que es difícil
seguirle el hilo mental a su monólogo de arrepentimiento y teo-
rías. Me da curiosidad hasta dónde podré ensanchar esta parodia,
pero también me da penita que no la capte. Me estoy burlando de
ella en su cara y Rox no asimila ni michi.

Calla por un momento. Está sumida en sus pensamientos.
Aprovecho para respirar con calma. Disfruto su silencio. En se-
guida recuerda la luna roja del otro día y otros versículos llenan
su boca.

«Y haré prodigios en el cielo y en la Tierra: sangre, fuego y
columnas de humo. El sol se convertirá en tinieblas, y la luna en
sangre, antes que venga el día del Señor».

Dejamos el paisaje citadino atrás y veo que Rox respira pausadamente. Alaba los ejercicios de respiración diafragmática que

aprendió en el *YuTu* con un video titulado "Cómo respirar para no morirte". Le digo que cuando lleguemos a la cima del monte me tendrá que mostrar cómo es la cosa ya que en mis treinta y dos años de vida nunca se me ocurrió tener que respirar de cierta manera para evitar la "piyama de madera".

Le digo que la estoy llevando a una cabaña en un bosque, un sitio «muy lindo, muy tranquilo, en donde se puede escuchar a los pajaritos cantando todo el día y el aire es fresco». Se alegra. Me tira una última cita bíblica.

«Y sucederá que todo aquel que invoque el nombre del Señor será salvo; porque en el monte Sion y en Jerusalén habrá salvación, como ha dicho el Señor, y entre los sobrevivientes estarán los que el Señor llame».

Pregunta si este lugar podría ser considerado como un Sion. La miro de reojo. Asiento. A estas alturas ya estoy demasiado envuelta en mi propio teatro como para dar marcha atrás.

En realidad no sé si habrá cabaña o bosque allá arriba, pero si no encuentro algo apropiado siempre le puedo decir que debe ser que el pterodáctilo que encontraron en Montana hace unos años destruyó todo. A lo que Rox asentirá, derramará una lagrimita o dos por los afectados del monstruo prediluviano, me dirá que también lo han visto en muchos lugares del mundo y que si no nos enteramos es porque el Gobierno prefiere mantenernos "incautos". Y es que mi amiga tiene un manejo "sifilítico" del lenguaje, usa palabras de a cinco dólares de manera incorrecta.

Cuando arribamos a la cima yo ya estoy a punto de tirarme por el precipicio. Me duele la cabeza de tanto escuchar idioteces. Me cuestiono el porqué de mi amistad con Rox. Sonrío al recordar que su personalidad de perrito faldero siempre me ha fascinado. También el hecho de que debe ser más fácil vivir sin entender la realidad de las cosas.

Para mi sorpresa, encontramos un bosque y un lago allá arriba. La temporada está al finalizar pero todavía hay grupos de campistas. Rox lo toma como una señal de que no seremos las únicas en este mundo nuevo. Doy unas cuantas vueltas por el lugar hasta encontrar una cabaña en apariencia desocupada.

Durante la semana que estamos en el "Nuevo Génesis", como a Rox se le dio por llamar a nuestro coto en las alturas, tengo la gran fortuna de que el universo me apoye con un terremoto, un eclipse lunar, y un fuego en una villa cercana. Incluso sin el Internet ella encuentra confirmación en todas partes. Su mente es maleable, adapta las circunstancias a las gafas con que ve la vida.

Es entonces que me doy cuenta de una realidad paralela a la mía. Rox nunca cambiará. La que fue transformada con este juego del fin del mundo fui yo. Si mi amiga se creyó todo lo que le dije sin cuestionarlo durante siete días, me imagino el poder que podría tener sobre un batallón de ilusos. A regresar a casa rápido, que tengo mucho que hacer y todo lo que necesito está a la mano en el Internet.

MI CALZÓN AMARILLO

Félix E. Quevedo

El calzón tanga de mierda me tenía corcuncha. Si me hubiera dado cuenta del ultraje que me haría al caminar, no lo compraba. Mi excusa: era el último de color amarillo en toda la ciudad. El plan original era quedarnos en el depa y recibir el Año Nuevo acurrucados frente a la tele. A la Zoila se le ocurrió lo de la fiesta un par de días antes. Nuestra celebración incluiría las tradiciones de vestirnos con prendas interiores de color amarillo, comer doce uvas, y dar una vuelta a la manzana con maletas, todas novedades para mí.

No entiendo por qué tengo que seguir órdenes tan al pie de la letra. Capaz sea mi necesidad de mantener amistades a cualquier precio. En retrospección, el calzón fue demasiado. Para tolerarlo, decidí tomar la situación como una aventura, mis primeros pasos a una nueva etapa de mi sexualidad. ¿Terminaría de puta? Imaginé a mis padres reprochándome la nueva vida para luego desheredarme, lo cual me dejaría sin más remedio que continuar "puteando".

Eventualmente llegó el momento. Ocho. El final estaba cerca. Siete. ¿O era el comienzo que se acercaba? Seis. ¡Carajo, como jodía el calzón! Cinco. ¿Las maletas dónde estaban? Cuatro. Primero las uvas. Tres. El espumante listo, acidez por tres días. Dos. El Juancho se estaba preparando para el beso. Uno. Pila, tenía que hacer pila carajo. ¡Feliz Año Nuevo! Juancho me dio el beso, me tomé la copa de espumante, comí las uvas, cogí las maletas, me aguanté las ganas de pila y salí disparada a la calle.

En ese momento la joda del calzón pasó a segundo plano. Era una noche tibia, húmeda, inusualmente oscura. Las locas de mis amigas salieron con parsimonia, yo tenía pila que descargar, así que tome pasos rápidos, efectivos, no hay tiempo que perder, hay pila que hacer. Me adelanté a todas. Llegué a la esquina, volteé a la izquierda. Solo un faro alumbraba la calle, lejos, como cien metros en el futuro. Rápido, que la pila llama.

Avancé, más bien corrí, unos cuantos metros, adentrándome en la oscuridad, dirigiéndome hacia la luz. Recuerdo la vereda viniéndose a mi cara. Dolió. Las rodillas, el cachete derecho, dolían de alma al despertar. Tenía que estar dentro de un vehículo. Nos movíamos a gran velocidad. En ese instante lo sentí. Alguien metía la manota entre mis piernas subiendo hacia el calzón. Atiné a pensar que me violaban, ahí, y yo con un calzón amarillo de mierda. Sentí vergüenza por tener ese calzón, más que por el hecho de estar a punto de ser quebrantada. Todo pasó en segundos, en cámara lenta. Primero pataleé, mientras gritaba improperios propios de puta barata de puerto pirata. Los gritos no resonaron, estaba amordazada. Las manos cogieron mis tobillos, optimistas de que podrían detener mis patadas desordenadas. Traté de mover las manos, los brazos, estaba atada a algo por encima de la cabeza. Seguí pateando, a la vez que juntaba las piernas protegiéndome lo más posible de una intrusión. El chofer del vehículo se distrajo, por poco perdió el control. El atacante le gritó al chofer que se concentrara en su manejo, al mismo tiempo que atinó a enganchar mis piernas con su brazo izquierdo mientras metía la mano para coger el calzón con la derecha. Comenzó a jalar. El calzón estaba en mis rodillas cuando pude zafar mi mano derecha de su atadura. Cogí mi calzón y comenzamos a jalonear.

—¡Suelta, carajo! —gritó.

—¡Suelta, concha-tu-madre! —grité.

Repetimos este vaivén no menos de diez veces.

—¡Suelta carajo! —gritó.

—¡Suelta concha-tu-madre! —grité.

Tanto jaloneo, al final se me resbaló. El calzón estaba en su poder. Me soltó las piernas y comenzó a examinar la pieza. Me desaté la mano izquierda y me incorporé. El individuo continuaba examinando el calzón de mierda. ¿Yo? pintada. Escuché:

—¿Es el calzón? —preguntó el chofer.

—¡Sí! Tiene el sello. Ahora hay que deshacernos de la cojuda.

Comencé a buscar con qué defenderme. El piso estaba lleno de mamarrachos, incluyendo un bate de béisbol de aluminio. Lo esgrimí y bateé. El atacante recibió el batazo en la nariz. Sentí sus gotas de sangre salpicándome en la cara. El chofer puso los frenos intempestivamente, mientras vociferaba no sé qué mierda. Un chirrido estruendoso terminó la carrera. Solté el bate, cogí el calzón de mierda con la mano izquierda, abrí la puerta con la derecha, bajé del vehículo y comencé a correr. Primera vez que corría sin calzón.

Estaba en el malecón cerca de la casa de Pedro el tablista, amigote del Juancho. Varios grupos de personas se encontraban en la playa celebrando. Yo sin calzón, cabellos y vestido hechos mierda, mejor no acercarme a extraños, vaya a ser que me ataquen.

Pila, me hacia la pila, decidí seguir hacia la casa de Pedro. Las calles estaban desoladas. Apenas fijándome en el tráfico crucé la avenida del malecón. De reojo vi que el vehículo de donde escapé empezó a dar la vuelta en U. El Pedro vivía a solo una cuadra de donde me encontraba. La esquina, a la derecha. Ahí, la casa del Pedro a la vista, iluminada y ruidosa. Tenía invitados.

Ahora la decisión, ponerme o no el calzón de mierda. Por un lado estaba manoseado por un extraño; por el otro, la idea de estar en público sin interiores y en vestidito no me cabía tampoco. Sin calzón, zanjé. La puerta estaba entreabierta, la música a todo volumen no apagaba las voces y gritos celebratorios, obviamente ebrios. Pila, tenía que hacer pila. Felicidad, un inodoro a unos cuantos pasos de la puerta de entrada. Entré al privado, nadie me sintió, cerré la puerta con pestillo. Me senté y abrí las compuertas de la represa. Fue un placer descargar el reservorio.

—¡Al Peluca le achataron la nariz! —escuché detrás de la puerta. Era el chofer.

—¿Qué mierda pasó? —preguntó otro.

—Van a tener que llamarme "Ñato" de ahora en adelante —dijo el atacante soltando una carcajada.

—Que vamos p'al hospital.

—Nah, no tengo ganas de explicar lo que pasó. Me pego unos tiros por un par de días y listo. Hey, Enano, ¿dónde está la pasta?

—¿Y la misión?

—'Ta que la muy puta se escapó con el calzón. ¡Que otro complete la misión!

Los escuché moverse hacia adentro de la casa. ¡Eran amigos de Pedro los que me atacaron! Maquiné por unos minutos para decidir cuál sería mi siguiente paso. Correr. Antes de partir, examiné el calzón de mierda. A qué "sello" se refería el muy huevón. El sello de fábrica estaba en la parte posterior, al centro, y con él la talla. En el frente, a un costado, un logo, de color gris, era una "ola". Parecía de fábrica, como el otro. Me acerqué a la puerta. La fiesta seguía, era difícil discernir si había o no alguien al otro lado. Abrí lentamente. La música continuaba. Comenzó una pieza de *rock* metálico, lo suficientemente ruidoso para el escape. Salí disparada a la calle. Con el calzón de mierda en la mano corrí. Al parecer nadie se dio cuenta de mi presencia.

De entre todos los coches estacionados vi uno que tenía las lunas empañadas y que se mecía rítmicamente con suavidad. Sin pensarlo, me dirigí a él. Abrí la puerta. La parejita me ignoró. La llave puesta, como esperaba. Encendí el motor. Mis pasajeros siguieron ignorándome. Enrumbé hacia la fiesta de la Zoila. Calles oscuras y llenas de huecos, avanzaba lentamente. Llegué a un semáforo. Paré. En ese instante un grupo de siluetas humanas rodearon el vehículo. Comenzaron en silencio. Unos golpeaban las lunas, otros forcejeaban las puertas. *Ahora sí que me violan*, fue lo que pensé. Uno de ellos, una mujer, gritó: «¡Danos el calzón, carajo!». Reconocí la voz, la Zoila. A su lado, identifiqué la silueta, el Juancho.

—¡Pero qué hay con este calzón de mierda! —chillé de regreso, al mismo tiempo que daba de golpes al timón. Mientras tanto mis pasajeros, que no se daban por enterados, continuaron manoseándose apasionadamente.

Juancho arrimó a Zoila y ordenó que todos se quedaran quietos y en silencio. Una vez que todos se callaron puso la cara en la ventana del chofer.

—Mi amor, abre pues, tu calzoncito nos va a hacer ricos — explicó con una cara de enamorado—, pues, pasa que… como saliste corriendo de la fiesta, no viste el anuncio en la tele. Tu calzoncito es el "Golden Ticket" del Año Nuevo.

—¿Pero cómo saben que este calzón amarillo de porquería es el "Goooolden Tickete"? —pregunté sarcásticamente.

—Eres famosa, pasaron el video de la persona que compró el calzón de oro. Eras tú, comprando el calzón... —dijo mientras disimuladamente trataba de abrir la puerta del automóvil—, por favor abre, por favor, no seas malita…

Noté que mis pasajeros dejaron el manoseo de repente y ahora prestaban atención. Por el espejo retrovisor los vi levantarse en silencio, lentamente, acomodándose la ropa mientras miraban el calzón que tenía en la mano derecha, el "Golden Ticket". Afuera "mis amigos", seguían con las súplicas; que pronto se convirtieron en órdenes agresivas y golpes a las ventanas.

—Señorita, creo que sería mejor que continúe manejando — dijo el pasajero—, es mejor alejarse del tumulto que pronto será una horda incontrolable.

Sin dejar prenda, asentí y empecé a avanzar despacio. Los revoltosos empezaron a golpear la carrocería. Aceleré, eventualmente dejando atrás a la turba.

—Hola, yo soy Iván y ella es Elena —me dijo, estirando la mano y saludando.

—Atrás Iván, que el calzón es mío —respondí.

Los arrojé del automóvil, a gritos, una cuantas cuadras más allá. Encendí la radio para enterarme dónde cobrar el premio. Mi premio y de nadie más. ¡El calzón amarillo es mío!

LA CARTA

Patricia Gabela

«¿Quién llama a mi puerta a estas horas?», un pensamiento gris da lugar a una lágrima que escurre por la mejilla de aquella mujer de revuelta cabellera y mirar extraviado.

Un hombre golpea el portón de madera corroída y bisagras oxidadas por el paso del tiempo. Con movimientos desesperados aporrea con el puño cerrado. Está visiblemente inquieto, se balancea de un lado para otro, se aleja y regresa al pórtico para esperar a que le abran. Su rostro comienza a transformarse por la angustia. Viste un traje negro, camisa blanca, corbata negra y un sombrero negro. En su mano izquierda sostiene con fuerza un arrugado sobre de color de rosa.

Apenas unos minutos antes, el delicado cristal brillaba con el reflejo de los rayos del sol haciendo que el blanco rostro pareciera el de la luna misma en sus noches de insomnio. Ella miraba por la ventana, había pasado días contemplando la calle empedrada, la casona de piedra gris cubierta de hiedra fresca y ventanales amplios con cortinas de terciopelo al otro lado de la vía, justo enfrente. Dejó que el sol de la mañana bañara su rostro con su tibia luz. No quiso perder detalle, no quiso dormir por miedo a desaprovechar el momento. Permaneció sentada en el mismo lugar días y noches. Cuando la lluvia empañó el cristal, lo limpió con premura. Cuando la noche cayó con su negro manto, encendió la linterna para alumbrar la calle y el portal de esa vieja casa. Buscó en el vidrio de la ventana esas facciones conocidas. No se apartó del ventanal, como si supiera que la lluvia materializaría ese hermoso recuerdo, esa silueta que tantas veces dibujó en la neblina acumulada.

Vivía en su burbuja de cristal, atrapada, inmune al paso del tiempo. Fue prisionera de una mirada furtiva, un instante en el que sus ojos se encontraron, ella de un lado de esa ventana y él del otro lado, cruzando el portón de hierro, saliendo de su casa con la maleta de cuero en una mano, y el sombrero de copa y el abrigo de lana en la otra, una dulce sonrisa y una caravana, ese hermoso recuerdo fue lo único que le quedó de él. Elisa perdió la cuenta del tiempo que transcurrió desde ese día. Nunca supo su nombre real, pero en sus desvelos ella lo llamaba Anselmo.

Con la seguridad de que Anselmo regresaría, Elisa se acercó a su mesita de noche, la que estaba frente a la ventana y a la luz del farol nocturno escribió la siguiente carta:

«Mi adorado Anselmo:

Ahora estás lejos y es por eso que hoy decidí escribirte, porque quiero que conozcas mi sentir, quiero explicarte y decirte tantas cosas que prefiero plasmarlas para no dejar que las palabras se las lleve el viento. Las horas y los días parecen ser eternos, me gustaría ver tus ojos, respirar tu aroma, escuchar tu voz para aliviar mi inquietud, para tener un poco de consuelo. Quisiera expresarte lo inmenso de mis sentimientos, todo aquello que te dije con el intercambio de miradas y que en este momento quisiera sellar con un beso.

Me asomo a la ventana, cuando se agota la tarde, viendo el ocaso acercarse lentamente, espero a que el sol se ponga para enviarte con cada uno de sus rayos lo que siento, porque sé que en la mañana cuando el sol asome en donde estás y lo veas salir ansioso del horizonte, tú recibirás con cada destello un poquito de ese amor profundo y transparente que solo tú entenderás y que solamente a ti podrá seducir. Deja que el sol te bañe con su luz, que recorra tu piel, que su calor inunde tu corazón, recuerda que en cada haz luminoso va impregnado un trozo de mi devoción. Escucha con detenimiento cuando oigas el sonido del viento, lleva una canción en la que te digo al oído lo mucho que te quiero. La melodía está formada por suspiros silenciosos que brotan de mi pecho cada vez que pienso en ti. El viento te dirá muchas cosas, en ocasiones será suave y tibio porque llevará un momento de ternura, de un amor dulce y sereno; pero en ocasio-

nes el viento será fuerte y violento, entonces ahí sabrás que lleva un amor intenso, mi pasión, mi arrebato, mi desenfreno.

La luna es mi aliada, se queda conmigo en mis noches de insomnio, le platico tantas cosas, porque sé que allá donde tú estás, estarás contemplando la misma luna, bajo el mismo cielo, y ella podrá decirte todo lo que le conté, todo lo que estoy sintiendo, lo que ahora no puedo decirte frente a frente pero que quiero compartir contigo. La luna es testigo de mis noches de desvarío en las que pienso en ti; en las que hago mil castillos en el aire en los que tú eres el príncipe y yo soy tu princesa y en los que solo tú y yo somos protagonistas; noches en las que en secreto susurro tu nombre quedito contra mi almohada, como queriendo sentirte ahí cerca de mí, esas noches, en las que escribo tu nombre en muchos pedacitos de papel que después pongo bajo mis sábanas para que me acompañen en mis sueños; en las que pronunciar tu nombre muchas veces me hace sentir que te tengo cerca, que duermes conmigo.

Me gustaría algún día poder decirte todo esto mirándote a los ojos para que en mí encuentres este hermoso sentimiento sin tener que usar una sola palabra, expresarlo con un beso y dejar que mi corazón vibrando te diga lo que siento.

Por ahora amor mío, me despido, te dejo solo un momento, porque aunque no te esté escribiendo te llevo en mi pensamiento, en lo más profundo de mi ser, en mi alma, en mi vida misma, eres parte de mí, te llevo muy dentro. Me embelesa pronunciar tu nombre en silencio, decirte te amo, te quiero, te deseo, te necesito y muchas cosas más que mejor por ahora me reservo.

Dejo de escribir pero nunca de pensar en ti.

Te amo. Siempre tuya,

Elisa»

Al concluir la misiva, Elisa, la colocó en un sobre color de rosa, no tenía destinatario ni remitente. Era para su Anselmo, a nadie más le interesaría. Cerró el sobre, lo bañó de perfume y lo selló con un beso. Con una dulce sonrisa abrió su ventana, depositó la carta en el alféizar y volvió a cerrar su ventana. Estaba convencida de que Anselmo la vería cuando regresara. Al día siguiente el sobre estaba ausente.

****

Elisa, siempre sentada en su silla vio transcurrir las horas, los días, las semanas… La vida se le estaba escapando, la esperanza flaqueaba, sus manos temblaban por la debilidad, no podía esperar más. Sola, casi mustia y con el recuerdo de esa mirada en su mente, cerró los ojos. Con pena y desilusión se desplomó para ir al encuentro de su sino.

****

Alguien llama a la puerta. Elisa no se mueve, no abre los ojos, no tiene interés en responder. Sus pensamientos abrazan el recuerdo claro de aquella tarde de verano y con esa imagen está dispuesta a partir. Los golpes se intensifican. Elisa no reacciona, está pálida, inerte, su respiración apenas perceptible.

Una piedra rompe el cristal de la ventana. Un ramo de flores vuela por los aires esparciendo pétalos rojos y blancos por la habitación. Una fragancia de rosas y jazmines inunda el ambiente. Ella no reacciona, piensa que todo es un sueño. Un hombre se introduce en su alcoba, se arrodilla junto a ella, y con dulzura le dice al oído: «¡Amor mío, aquí estoy, tuve que emprender un viaje largo, nunca te olvidé, hasta ahora pude volver, abre los ojos, ven conmigo!» La oscura habitación se ilumina con un resplandor deslumbrante. Elisa abre sus ojos verdes, serenos como el remanso del río. Ahí está, frente a ella, Anselmo, por fin había regresado. Ella extiende su mano para acariciarlo, las yemas de sus dedos casi imperceptiblemente rozan la mejilla de Anselmo. Él toma la mano de su amada y la aprieta contra su pecho. Se escucha un vals interpretado por un cuarteto de cuerdas. Anselmo, haciendo una caravana invita a bailar a Elisa. Los dos se mecen con la melodía, sus pies en perfecta sincronía giran al ritmo de la música. Elisa siente que flota entre nubes. Los dos están envueltos en una bruma blanca que invade el espacio, sus siluetas se vuelven translúcidas. Anselmo toma a Elisa en sus brazos, la besa con dulzura y se la lleva.

En la mesita de noche, junto a la silla de ruedas, hay una carta escrita a mano, guardada en un sobre color de rosa, sellado con un beso, y con aroma a perfume antiguo.

CINQUE TERRE

Amílcar Araujo

Todos los turistas estábamos molestos. Llegamos a Corniglia ya con fallas mecánicas del bote y nos dijo el guía que no podríamos continuar a Vernazza. Nuestro *tour* por Cinque Terre, en la costa noroeste de Italia, se interrumpió. Nos prometieron enviar otra barca a recogernos a la mañana siguiente para terminar el recorrido.

—Ya vez, te lo dije —reprochó mi mujer—. Escogiste el *tour* más barato con los barquitos más viejos y sucios. Por no pagar unos cuantos euros más, estamos atorados y vamos a perder un día para visitar Florencia.

La paciencia y la prudencia no eran virtudes de Carmen.

Me encogí de hombros en una señal mezcla de frustración y resignación. El pequeño pueblo en los acantilados no era muy atractivo para pasar una noche. Mi hija Eloísa, o Elo, como le llamábamos, hacía muecas como de costumbre ya que ese viaje no ofrecía ningún atractivo para ella. A sus once años un *tour* cultural por el viejo mundo no estaba entre lo que más deseaba.

—*Presto*, consigan un hotel *per* pasar la *note e per favore*, no salgan en cuanto oscurezca —dijo el guía. Su tono no era festivo ni bromista, como lo había sido durante el recorrido inicial. Se mostraba una expresión de preocupación en su rostro.

Solo había dos hotelitos con pocas habitaciones que, seguramente, llegaron a su cupo máximo con la gente que viajaba en el *tour*. Mientras llenaba la hoja de registro en la recepción, Carmen, mi mujer, conversaba con un inglés que no venía en el grupo, pero que estaba allí para estudiar uno de los mitos del pueblo. Escuché parte de la conversación, pero no presté atención. Entregué el documento firmado para registrarnos y la empleada en un tono extraño agregó:

—*Tuto bene signore, grazie*. Aquí tiene su *chiave*, si quieren ver el pueblo háganlo ahora, pero retornen antes de que oscurezca... *per favore*.

Como todavía teníamos luz de sol, decidimos aprovechar el tiempo y hacer un recorrido por el folclórico pueblo.

—*Signore*, retorne antes de que oscurezca —nos dijo el joven botones del hotel cuando salimos.

—¿Por qué tanta preocupación por que regresemos antes del anochecer?, ¿qué les pasa a estos estúpidos provincianos?

Mi mujer, irritable por naturaleza, se mostraba molesta ante las recomendaciones que primero el guía, después la empleada de recepción, y luego el botones hicieron.

Recorrimos las empinadas calles. Elo, siempre molesta y demasiado concentrada en la música de su iPod. Mi mujer, protestando por lo difícil que era caminar por unas calles tan escarpadas. Y yo, preocupado por que la pasaran bien. Para que se calmaran un poco, las llevé a una tienda de artesanías y ropa con la esperanza de que compraran algo y se sintieran mejor. Fue una buena táctica. El humor de ambas mejoró. No sé cuánto tiempo pasó. Yo me distraje probando un licor de limón que me ofreció un empleado del local insistiendo para que aceptara comprar una botella. No tenía idea en dónde se encontraba mi familia y apenas pude percatarme de la presencia de una mujer alta, vestida de negro y con un sombrero de ala ancha del mismo color que le cubría la mitad del rostro. Por fin, en uno de los pasillos, coincidí con mi mujer.

—¿Y Elo? —pregunté casualmente a Carmen.

—No lo sé, la vi en la sección de joyería hace unos minutos.

—Elo, niña, ¡vámonos! —ordenó Carmen alzando la voz para que nuestra hija la escuchara y apareciera de entre los pasillos del local. No hubo respuesta.

—*Il negozio si chiuderá presto* —escuchamos decir a un empleado indicando que estaban por cerrar.

—Elo... Elo —gritábamos sin recibir respuesta.

—Voy a revisar el baño —dijo Carmen muy alterada. Yo asentí con la cabeza con un nerviosismo difícil de controlar.

—Perdone, ¿una niña que llegó con nosotros....? —le dije a una empleada de la tienda que pasaba por ahí y que trataba de que los turistas terminaran sus compras y se dirigieran a pagar.

—*Mi dispiace signore, non parlo espagnolo* —me respondió encogiéndose de hombros. Tuve que hacer acopio de mi pésimo italiano.

—*La mia filia... una bambina... undici anni...* —la empleada entendió y a voz en cuello y a una velocidad ininteligible le preguntó algo al anciano en la caja registradora, tal vez el dueño del negocio, quien respondió también a gritos.

En ese instante llegó Carmen moviendo la cabeza en forma negativa y con los ojos irritados por las lágrimas. La empleada se dirigió a nosotros:

—*Ha detto che la vide uscire con la signora in nero.*

—Dice que partió con la señora de negro —le dije a mi mujer.

Ya no compramos nada, y salimos desesperados a buscar a nuestra hija.

El pueblo estaba desierto. El sol se preparaba para su acostumbrado descenso en el horizonte. Quedaba una hora de luz. Recorrimos las calles gritando el nombre de Eloísa. No obtuvimos respuesta de ella, pero irritados lugareños gritaban desde dentro de sus casas... *silenzio, silenzio.*

—La policía nos puede ayudar —le sugerí a Carmen.

—Vamos —dijo sin vacilar.

Un oficial de unos ciento cincuenta kilos y con cejas tan espesas como su bigote dormitaba en su escritorio mientras en la radio se escuchaba la narración de un juego de futbol. Le explicamos los hechos, una parte en italiano, otra en español, y una pequeña fracción en inglés. Le dijimos lo de la dama de negro. Le mostré la foto de Elo que guardaba en mi cartera. Nos dijo que entendía la situación, pero que no podía hacer nada ya que estaba solo en la comandancia y sus dos colegas en turno estaban tratando de que la gente se fuera a sus casas y no saliera. No resistí más la curiosidad y le pregunté por qué tanta insistencia en no salir después del anochecer.

—*Oooh, note di congrega... streghe... mmm... Halloween.*

Mi mujer buscó las palabras en su diccionario de bolsillo.

—*Streghe... streghe...* ¡brujas! Ahora recuerdo... Edward lo comentó.

—¿Edward? —pregunté un tanto confundido.

—Sí, el inglés que conocí mientras nos registrábamos. Mencionó que venía a investigar sobre la noche de brujas.

Entendimos que la policía haría poco o nada. Salimos de la comandancia con la idea de buscar al inglés. No estaba en el hotel. Nos dijeron que hacía poco había salido haciendo oído sordo de las recomendaciones de todo mundo. Estaba oscureciendo. Regresamos a la calle dejando atrás una colección de consejos, insultos y súplicas para no abandonar el hotel. Vimos a uno de los policías que hacía su ronda final.

—*Signore, signora, tornare al vostro hotel* —nos suplicó nerviosamente. Le explicamos lo de Elo. Sacudió la cabeza. Pensó unos segundos—. *Andiamo* —nos hizo una señal para seguirlo. Yo miré a Carmen y ella me indicó con un guiño que estaba de acuerdo en ir con él.

Caminamos hasta un pequeño y viejo edificio pegado al acantilado. Entramos. El joven policía sacó sus llaves y nos guio a uno de los departamentos. La luz pálida de un foco parpadeaba. En la pequeña sala, una anciana, un hombre tal vez de mi edad, y, sorpresivamente, Edward, el buscado inglés, tomaban una taza de café mientras discutían. Vittorio, el policía que nos llevó, les explicó lo que nos sucedía. La anciana se puso de pie y caminó hacia nosotros expresándose en buen español.

—Cuánto lo siento... la recuperaremos —dijo con tanta seguridad que Carmen y yo nos miramos con un gesto de sorpresa ya que intuimos que esta mujer sabía dónde estaba Elo.

Mi esposa no pudo más y se lanzó a los brazos de la anciana rompiendo en lágrimas.

—No hay tiempo que perder —dijo Edward, al oír nuestro caso. Procedió a las presentaciones.

—Ella es la *signora* Maria. Él es Giuseppe, quien perdió a su pequeña hija hace cinco años. Todos nosotros estamos dispuestos a ayudar.

El inglés, un hombre alto, delgado, rubio, en sus sesentas, era un experto en ritos de la antigua Europa.

—Yo también voy con ustedes —dijo el joven policía y se incorporó al grupo.

Afuera, la luna se asomaba tímidamente como un gigante disco rojizo ante los últimos rayos de sol. En la parte alta de los acantilados, una explanada pedregosa era iluminada por los tenues destellos. Una solitaria mujer con una capa que cubría su cabeza y cuerpo se detuvo frente a una pila de troncos secos.

—*Det nobis Dominus ignem ex inferno...* —alzando las manos hacia el cielo, gritó varias veces y la madera se prendió con un suave estallido formando una inmensa hoguera. Era la señal que iniciaba el rito.

Siluetas encapuchadas se le unían poco a poco provenientes de los distintos caminos.

—Reuniros hermanos y hermanas, la noche es nuestra —gritaba la mujer que encendió el fuego.

—*Audi dominus tenebris... audi dominus tenebris* —cantaba la multitud una tonada que se escuchaba como un zumbido siniestro.

De entre ellos, surgió la mujer alta, vestida de negro, llevando a una niña que forcejeaba por soltarse.

—Hoy beberemos sangre de virgen como lo hicimos hace cinco años, renovaremos nuestra promesa de servir a nuestro amo y señor —gritó la mujer provocando exclamaciones de júbilo de los presentes.

Yo no podía contenerme pero tenía que mantener la calma y permanecer de incógnito bajo la pesada capa de lana para cumplir con el plan. Todos estábamos ahí, excepto mi mujer. *Signora* María le dio un somnífero en una taza de té, y la dejamos dormida. Carmen seguramente nos hubiera echado por tierra la táctica para recuperar a Elo.

El canto de aquella multitud subió de intensidad hasta que la dama de negro levantó su mano en señal de silencio. Ató a mi niña a una roca y extrajo una daga de entre sus ropas. Iniciaba su invocación. La atención de todos estaba sobre la mujer. Un resplandor desvió las miradas. Una luz blanca e intensa se abría paso entre la multitud. La dama de negro quedó paralizada y pronunció con una expresión de odio:

—María Rossi, *la strega bianca.*

Yo estaba tan sorprendido como todos. *Signora* María brillaba como un ángel.

La multitud encapuchada estaba furiosa y quiso acercarse a ella para detenerla pero fueron rechazados por el campo de luz.

—Somos tú y yo Regina, hoy te voy a humillar ante tus seguidores —retó la bruja blanca a la negra.

Vittorio, Giuseppe, Edward y yo colocamos bolsas con pirotecnia en el suelo y arrojamos un cerillo conforme al plan. La explosión de color y ruido causó confusión entre la multitud de cuerpos que corrían en todas direcciones. Los cuatro nos dirigimos hacia el altar principal. Nuestra misión era liberar a Elo. Edward y Vittorio se lanzaron sobre la sacerdotisa y la mujer de negro. Para la primera bastó un fuerte empujón, pero la bruja de negro hizo un ademán y los dos atacantes volaron por los aires cayendo cerca del risco. Fuera del golpe de la caída parecían estar bien. Mientras, Giuseppe y yo nos acercamos para cortar las amarras de mi hija.

—¡Papá! —gritó Elo al reconocerme. Algo me decía que ese

grito aumentaría nuestros problemas. Regina se percató de nuestra presencia y con un movimiento de sus manos nos paralizó.

—Ooohh, papi está aquí... —dijo burlonamente la bruja de negro caminando hacia nosotros—. Apenas a tiempo para ver a su niña morir... ja, ja, ja —su risa aguda y siniestra retumbó por el risco y con seguridad hizo vibrar las ventanas de todo Corniglia.

Maria ya estaba a unos pocos metros de distancia cuando Regina se disponía a cortar la garganta de Elo.

—No, por favor, no le hagas daño —grité para detenerla pero mi súplica fue inútil. Regina dibujó una sonrisa diabólica. La bruja blanca disparó un haz de luz muy intenso que cegó por un instante a su enemiga, quien se cubrió los ojos con el antebrazo. El tiempo fue suficiente para romper la parálisis. Yo corté las amarras de Elo y la tomé en mis brazos. Giuseppe, sin pensarlo, de un salto se colocó detrás de la bruja mayor y clavó en su espalda la daga curada en agua bendita que el párroco de la capilla le dio. Ella empezó a contorsionarse, su piel se secaba y caía a pedazos mientras lanzaba agudos gritos de dolor. Un humo amarillo se desprendía de su cuerpo.

—Esto es por lo que le hiciste a la *mia figlia*, maldita bruja —espetó con firmeza Giuseppe. Su venganza estaba cumplida.

—¡¿Qué sucede?! ¿Qué le han hecho a nuestra reina...? —la sacerdotisa se incorporó después de estar inconsciente y vio a su soberana desintegrarse. Trastabillando se lanzó sobre Giuseppe, pero Edward la interceptó y la lanzó sobre una saliente de roca, dejándola nuevamente sin sentido.

Sin sus líderes y ante tanta confusión la multitud se dispersó. Elo permanecía abrazada a mí como nunca en los últimos cinco años.

****

Ya en el puerto de Corniglia, Elo, Carmen, yo y el resto de turistas abordamos el bote que nos llevaría a Vernazza. Un grupo de nuevos amigos estaba ahí para despedirnos. *Signora* María tomó a Elo fuera del grupo. Conversó brevemente con ella, se abraza-ron y la anciana besó su frente.

—Es una *bambina* muy especial, la espero el próximo año —dijo la anciana tomando mi brazo y dándome un suave apretón. Yo asentí con una sonrisa. Escuchamos la voz del capitán de la embarcación llamándonos a bordo. Los ruidosos motores y una nube de gases de combustión nos impulsaron lejos del puerto.

—María fue muy amable al dejarnos dormir en su casa, ¿no creen?

—Sí mami, y si me dan permiso quiero regresar cada verano para que ella me enseñe italiano.

—¡¡¡Elo!!! Pensé que te aburría este pueblo, ¿por qué no Roma o Venecia? —dijo mi esposa mientras se colocaba los anteojos para el sol.

Un guiño entre mi hija y yo y un intercambio de sonrisas se-llaron nuestro secreto y así continuamos nuestro *tour* por Cinque Terre.

INDULGENCIA

Marisol Rodríguez

—¿Por qué has de negarlo, Eva? No importa el romance, la piel es donde se concretiza todo ese palabreo. Por más cerebro que usemos, siempre estaremos subyugadas al instante químico.

—¡Oye, estás como los hombres que en lo único que piensan es en sexo!

—Estamos entre amigas. No me avergüenzo. Soy fiel esclava del placer. Nuestras abuelas me llamarían callejera, tal vez puta. Yo simplemente decidí dejarme de hipocresías, mandar la religión a las mismas ventas del infierno y declarar de una vez por todas lo que muchas no se atreven a decir: «Las hormonas nos despiertan el apetito por las cosas deliciosas».

—Por favor baja la voz que estamos en un restaurante familiar.

—No seas tonta. Tú lo estas escuchando como si fuera en altoparlante porque siempre has vivido amordazada y en posición misionera. Yo no tengo necesidad de confesarme con el sacerdote y disfruto mi cuerpo. ¡Para eso he sido creada con una red de dendritas increíble! De lo contrario sería una masa de cartílago.

—¿Es que acaso no añoras tener un compañero para el resto del camino?

—Eso es lo que no logras entender. La única garantía es donde tenemos puestos los pies hoy. Si ese decide quedarse cada día por el resto del camino, no tengo objeción. Pero... si el camino consiste en unas horas o días... ¡a caminar se ha dicho, aunque sea descalza!

Cada vez que Eva y Rosina se reunían, la conversación se centraba en el empeño de Eva y la obsesión de Rosina. Rosina había pasado veinte años de matrimonio negando su cuerpo. Una infidelidad de su exmarido ocurrida después de celebrar sus cuatro décadas, le dio la excusa necesaria para sentirse y explorar todo lo que había tildado de prohibido por toda su adultez. Eva, por su parte, idolatraba a su esposo de un modo que fastidiaba a Rosina. Eva vivía con la creencia de que solo existía un "Adán". Rosina insistía que el paraíso era la embriaguez de sentir a plenitud y que la felicidad podía manifestarse tanto en segundos como en toda una vida. No había caso, ambas deseaban en secreto tener la oportunidad de probar el fruto que a la otra le fue prohibido.

De este modo, Eva y Rosina se llenaban de indulgencias con escapes gastronómicos que ocurrían con frecuencia, pero sin ningún percance. Una tarde en que ambas se encontraban compartiendo el almuerzo se les acercó un joven un tanto ordinario. Su colonia llegó mucho antes que él y se enredó en la imaginación de Rosina. La cintura del joven se encontraba al nivel de la vista de Eva. Rosina solo intentaba hacer memoria para recordar quién solía tener ese aroma. El joven se despidió no bien saludó, dejando en la mesa una tarjeta de presentación. Antes de que Rosina tuviera la oportunidad de tomar entre su índice y pulgar uno de sus boletos de placer, mucho antes de que Rosina enunciara cada dígito del teléfono con el morbo que pareciera evocar todas sus orgías, Eva en un movimiento ágil, desprendió el carnet en el aire. Rosina quedó boquiabierta.

—¡Eva! ¿Qué es eso? Ahora no me vengas a sermonear de virtudes relegadas en el anonimato y del pecado de la carne, porque no me haré responsable para complacerte de momento.

—Te equivocas Rosina.

—Pero ¿cómo me vas a hacer desperdiciar ese regalo? —dijo refiriéndose al joven.

Ya Rosina había comenzado a maquinar el encuentro cuando Eva se lo deshizo en pleno vuelo.

—Y, ¿quién dijo que lo iba a desperdiciar?

El ceño de Rosina se frunció y dejó sus muelas a la vista. *No, no, Eva se había tomado un solo trago, No era el licor. ¿Habría descubierto algunas indiscreciones de su marido?*

—Conociéndote, eso es precisamente lo que temo —dijo Rosina.

—¿Y si hoy decidí cambiar y probar?

—Déjate de bromas, que me vas a dejar la tarima sin luces para el espectáculo.

—Rosina, te has dedicado a defenderte de tal modo que ya no logras ver otras posibilidades.

—¿Qué otras posibilidades? ¿Que me pierda yo un delicioso manjar? ¡De verdad que estás desquiciada!

—Nada de eso. Yo también tengo imaginación aunque no parezca ejercitarla tanto como la tuya.

—La imaginación no me basta. Yo necesito sentirlo endurecido. Ver sus venas sobresalir de la hinchazón. Ver la primera gota incolora abrirse paso. Dejarme llevar por ese instinto hasta rendirme.

—Rosina, te lo plantearé de otro modo. En los últimos años nos hemos pasado hablando de este tema, ¿verdad?

—Síííí...

—Hoy fui honesta conmigo misma, como tantas veces me lo has pedido. Estoy decidida. Voy a marcar el número telefónico de ese muchacho.

—¿Que, quéé? Soy como Santo Tomás; ver para creer.

—Anda, no seas tan pedante. ¿Me ayudas, o no?

—Ay, Eva, no me digas que necesitas ayuda para marcar un número.

—¡Claro que no! Es que si me pongo muy nerviosa, ya no sabré qué hacer. Tú sabes...

A Rosina que no se quería perder el "desfloramiento moral" de Eva ni tampoco de la tremenda polla que había divisado empujando la cremallera del pantalón del joven, se le ocurrió una idea.

—Eva, ¿qué te parece si tú llamas al chico y vamos las dos? Claro está, para apoyarte.

Lo último que esperaba Eva era esa respuesta. *Exactamente ¿qué significaba que "vamos las dos"? Esto se está tornando en algo más complicado de lo que imaginé. Con las locuras de Rosina, es capaz de hacer una maqueta de Sodoma y Gomorra. ¡Entonces hasta allí llegaría nuestra amistad! Y ahora, ¿qué digo?*

—Rosina, espera. ¿Cómo que vamos las dos?

—Me pediste ayuda, ¿no?

—Sí, pero llamar a un hombre es algo que nunca he podido hacer y ahora ¿tú qué tipo de ayuda me vas a dar?

—Bueno, eso depende de ti.

—Este… no entiendo nada.

—Si tú quieres, yo seré como tu red de seguridad. Yo voy con ustedes. Como yo no tengo ningún problema, yo preparo el camino y tú observas.

Rosina solo imaginaba las horas de virilidad que ansiaba vivir. Según ella, esa era la única razón de la juventud varonil. En ese instante la vulnerabilidad de Eva la tenía sin cuidado.

—Es que yo no sé si pueda hacerlo.

—¿Hacerlo? ¿Quieres decir, observarnos o ser jinete?

Eva se enrojeció y permaneció en un silencio angustiante. *Un momento de intimidad en público… una cosa era escuchar las hazañas de su amiga y otra ser testigo ocular de ellas.*

—Si no lo llamas en dos horas, perderás tu oportunidad. Yo, me voy a duchar y a escoger mi segunda piel, o sea, mi vestido.

Ambas dejaron el restaurante. Ya en su departamento Eva miró los dígitos impresos en aquel rectángulo, parecían tan amenazantes como su amiga y tan aceleradores como sus fantasías. *Alejandro, Alejandro era su nombre.* Guardó y comenzó a organizar. Se distrajo por más de una hora recogiendo y limpiando hasta dar con su bolsa encima de la mesa del comedor. La abrió. Con su teléfono portátil y el número telefónico en mano se dirigió hacia el baño. Colocándolos en una orilla de la tina, la llenó de burbujas, entró y se dedicó a relajarse de un modo que no lo había hecho antes. El agua tibia la mecía, el aroma a sándalo la llevó a recordar aquel cuerpo antes ordinario. Ahora podía ver al muchacho. *¿Cómo era posible que hubiera logrado ignorar tal erección frente a mi cara?* Alcanzó una toalla y se secó las manos. Solo le quedaban diez minutos antes de que caducara el tiempo pactado por Rosina. Eva tomó el móvil y se convenció de marcar el primer número. Cada vez que pulsaba el número siguiente respiraba hondo. Cada respiro acariciaba algo en su cuerpo que creía inexistente. Después de oprimir la tecla del último número, presionó la de la bocina. Escuchó el primer timbre, el segundo timbre, el tercer timbre. Con cada timbrar caía una gota de sudor en sus ojos; los cerró. Cuarto timbre. *Ya cuelgo,* pensó. El comienzo del quinto timbre fue interrumpido. La misma voz del joven del restaurante se escuchó:

—¡Buenas tardes!, habla Alejandro.

El silencio atrapó la voz de Eva. Se escuchó un movimiento de agua y un respirar acelerado. Alejandro se alarmó.

—¡Buenas tardes!, ¿le pasa algo? ¿Está bien?

Cuando el silencio se fue de la garganta de Eva, ella contestó:

—Disculpe, se me caía el móvil y por poco se zambulle.

—¿Eva?

¡Reconoció mi voz!, ¡esto es inverosímil!, pensó Eva. Una mezcla de victoria y pudor se apoderó de ella. Inhaló. Exhaló. Inhaló y exhaló como queriendo aferrar todo el aire. Al sentir su pulso más rítmico, prosiguió la conversación.

—Sí, servidora. Gracias por dejar su número. Decidí que podríamos platicar y conocernos un poco.

—Me parece estupendo, Eva. Hoy termino mi ponencia temprano. Si desea podemos vernos en el mismo restaurante donde la conocí.

Esto va más rápido de lo que pensé, se dijo Eva. *Es mejor así, con mucho tiempo corro el peligro de arrepentirme.* Luego respondió: «Es... estupendo, ¿a qué hora?».

—¿Qué le parece a eso de las siete?

—Bien, nos vemos entonces.

—¡Hasta pronto, Maravilla!

Alejandro le hizo el favor de enganchar porque ella quedó petrificada. Por unos minutos, que le parecieron horas, permaneció paralizada sujetando el teléfono frente a su rostro. Cuando volvió en sí se repetía tartamudeando y a veces a gritos: «¡Lo hice, lo hice, por fin lo hice!». Con su piel arrugada, se sumergió en la bañera; y al salir se sintió otra. Con una nueva confianza se cubrió con su bata de baño y marcó el teléfono de Rosina.

—Eva, ¿me llamas para darme el número y no malgastarlo?

—¡Noooo! Te llamo para decirte que tenemos cita a las siete en nuestro restaurante.

Rosina quedó sin oxígeno. *La mosquita muerta se atrevió. ¿Se atreverá a acostarse con él?* Por un largo rato no hizo ningún sonido. El auricular parecía defectuoso.

—¿Rosina?¿Rosina?¡Rosina! Creo que se cortó la llamada.

—¡No, no! Estoy escuchándote, es que me has dejado pasmada.

—Pues sal de tu estupor, porque ahora sí que necesitaré ayuda.

Rosina no contaba con eso.

—Bueno, a lo hecho pecho, como decía mi madre. Eva, lo más importante es que te protejas para no aumentar la población y evitarte riesgos de salud. ¡No te olvides de la responsabilidad!

—Gracias. Me alegra poder contar contigo. Espero que sea así de simple.

—¡Insisto que me dejes algo, aunque sea en el fondo del plato!

—Tú, como siempre. ¿Cómo hacemos?

—Hacemos somos muchos. Tú tendrás que arreglártelas sola en el restaurante porque yo no puedo encontrarte a las siete. Tengo otra cita con la ricura de hombre que conocí en La Bohemia el mes pasado. No me lo puedo perder. He estado esperando una eternidad. Ocho días esta noche para ser precisa.

—Pero, tú dijiste que me ayudarías.

—Calma, no te alarmes. Te dije que te las tendrías que arreglar en el restaurante. No sé cuándo dejaré agotado a mi bohemio. Pero te prometo que después de llegar al departamento y darme un duchazo te enviaré un mensaje de texto. Cuando lo recibas, dirígete a mi guarida. De todos modos habíamos quedado en que mi piso sería el mejor lugar para tu escapada, ya que siempre has tenido mis llaves de repuesto.

Eva se calmó un poco. Solo tendría que ser lo suficiente amable y misteriosa durante la cena. Ella estaba acostumbrada a atender clientes y hacerlos sentir cómodos de modo que las transacciones de la firma para la que trabajaba fueran fructíferas.

—¿*Podré hacerlo?* Bien, Rosina, pero no te tardes demasiado.

—No te apures. Relájate, que hoy, mi querida amiga, sabrás lo que es tener placer sin complicaciones románticas.

—¿Y si no puedo?

—Allí estaré yo para rescatarte y no dejar a un chico decepcionado. Recuérdate que por eso me llamo Rosina. Todo lo demás ya lo hemos hablado. ¿Te acuerdas?

—Sí, sí, ya lo he repasado varias veces.

—Recuerda, si acaso te da amnesia, imagínate que eres la actriz de una película pícara y ¡lista!, no te faltarán ideas.

—A ti todo te parece sencillo porque tienes experiencia. En cambio yo…

—Ay ovejita, por algo tienes que empezar.

—No es tan elemental como tú lo pintas.

—Sí lo es. Quien lo complica eres tú.

Eva no quería entrar en disputas. Necesitaría toda su energía para su "primera vez". El plan nocturno estaba hecho y no podía, o no quería, echarse atrás.

Llegaron las seis de la tarde. Eva ya había manchado el traje azul pavo real escogido para la velada. Al mirarse al espejo vio que no solo el área axilar estaba más oscura, sino también parte de su espalda. Sudaba como un peón en el campo. En un abrir y cerrar de ojos se quitó el vestido y se duchó otra vez. Examinó los ajuares que parecían esperar turno encima de su cama. Se decidió por una falda negra bien entallada, la que había dejado de ponerse hacía muchos meses al escuchar una y otra vez a todos los caballeros de su oficina decirle lo bien que lucía en ella. La blusa que Rosina le regaló para su cumpleaños completaría la combinación, era recatada y atrevida, esa combinación tan difícil de encontrar en una prenda de vestir.

Hacía años que no se veía al espejo y se admiraba. Contempló su reflejo una y otra vez, deseándose. Salió a la calle. Prendida de los piropos recogidos de camino, llegó al restaurante cinco minutos después de la siete. Eva se detuvo unos instantes para admirar al joven que impecablemente vestido esperaba en la misma mesa en que se conocieron.

Saludó a Alejandro, conversaron, cenaron, se tomaron varios tragos. Cada minuto de espera hacía que el cuerpo de Eva sintiera paraísos diminutos. Un camino de insinuaciones mutuas llevaron a que Eva revisase su móvil, con todo disimulo, una y otra vez. Desesperada, se excusó de la mesa y fue al tocador para llamar a

Rosina. Casi a la par, Rosina le enviaba el mensaje: «Ya estoy aquí». *¡Al fin!* Las palpitaciones de Eva hacían de sus sienes un tambor. Quiso arreglarse, las manos le temblaban. Se dijo: *Ya casi estoy en la meta, tengo que seguir.* Dio media vuelta y antes de regresar a la mesa, le envió un mensaje a Rosina: «Vamos». Rosina le respondió: «Espero que así sea». Alejandro acababa de guardar su móvil cuando Eva se detuvo frente a la mesa. Él se levantó y le dijo:

—La velada ha sido muy agradable. La cuenta está pagada. ¿Qué te parece si continuamos en un lugar más íntimo?

La colonia la tenía más embriagada que su último trago. Eva pausó y con sutileza abrió su cartera y le entregó unas llaves. Con discreción, Alejandro las envolvió en la palma de su mano y ofreciéndole su brazo se dirigieron a las afueras del restaurante. Unos pasos más tarde, Alejandro se detuvo sin ningún titubeo, miró a Eva y la besó apenas rozándole los labios. «¿Dónde encuentro la puerta a la cual pertenecen estas llaves?», le dijo. En un susurro, con una gota de sudor corriendo pantorrilla abajo, Eva le contestó: «Estamos cerca». Alejandro sentía la cintura de Eva segura y sensual en cada paso. Caminaron una cuadra en silencio hasta que Eva dijo: «Llegamos». Alejandro le entregó el llavero. Eva trataba de introducir la llave en el cerrojo, él le besaba la nuca, impidiéndole que se concentrara en terminar de darle la vuelta a la llave y abrir la puerta.

Una vez dentro del departamento, Alejandro no se hizo esperar. Su agilidad hizo que Eva se olvidara completamente de la presencia de Rosina en la habitación contigua. Eva dejó su piel desnuda y se permitió explorar aquel cuerpo ajeno, lleno de hospitalidad, hasta rendirse de placer. Exhausta empezó a dormitar. Sintió una puerta abrirse y a lo lejos, escuchó la voz de Rosina diciendo: «El sobre está donde siempre, querido. ¡Hasta pronto!».

EL PROYECTO

Félix Amicantonio

¿En dónde estoy? ¿Qué pasa? ¿Qué me pasó? ¿Qué es todo esto?

Realmente me siento como si no estuviera, no siento mis manos, ni mis piernas, ni ninguna parte de mi cuerpo, no puedo hablar, ni ver, aunque sí escuchar y pensar, pero, ¿hasta cuándo?

Estoy aquí adherido, por así decirlo, a la nada, sintiendo la cercanía de una pared esponjosa, hedionda, viscosa, escuchando abajo mío y muy cerca, cada tanto, correr un torrente asqueroso, ácido, maloliente que salpica lo poco que siento de mí y me arde y corroe. Percibo un tum tum, bicorde, retumbando a veces en dos tonos disonantes pero parejos, a veces acelerándose, a veces retomando el ritmo. Cada tanto cae algo así como una descarga de materiales que hacen que el líquido me salpique quemándome. Hierve ese ácido y se oye un ruido como de algo fragmentándose, seguido de un hedor insoportable. Quiero saber exactamente dónde estoy, pero es imposible; sé que de alguna manera tengo que entender cómo llegué aquí. La única forma que se me ocurre es pensando qué sucedió en el pasado inmediato que hizo que llegara a este lugar. Debo hacerlo rápido, muy rápido ya que sospecho que no tengo mucho tiempo, pienso, pienso...

Todo empezó aquel día con la llegada de ese *e-mail* dirigido a mí, personalmente, que hizo que casi pegara un brinco y golpeara en el techo de la alegría al saber que había ganado un concurso tan importante, tanto en lo monetario como en lo profesional. Envié mi proyecto sin mucho convencimiento pero obligado por la importancia que habían depositado en mí, que se manifestó al enviarme la invitación, floreándome y llenándome de halagos, al concurso internacional de arquitectos para la remodelación de cierto palacio en Florencia, sede de la Organización Humanista

Mundial. Dicho trabajo consistía en la refacción de los veintidós dormitorios, el inmenso comedor, pero sobre todo, haciendo hincapié en la construcción de una gran cocina, colindante a la existente, con un horno para cocinar la cantidad de casi cien kilos de carne en un solo acto. Excentricidades que juzgué que no eran mucho de mi agrado, pero ante la importancia del trabajo las coticé, no sin antes estudiar los costos de materiales y la mano de obra, en siete millones de dólares, esperando no verme favorecido, pero quedando bien. Y ahora estaba aquí, parado como en una nube, tratando de tranquilizarme para poder pensar, mi estudio era pequeño, su personal escaso, éramos apenas cuatro personas, mi secretaria, mis dos ayudantes y yo, sería una importantísima entrada de dinero y ni qué decir del cartel que me dejaría este proyecto. Sí, realmente era como tocar el cielo con las manos. Así que me puse en campaña. Solamente debía confirmar mi viaje hacia allí para inspeccionar *in situ* el lugar, ver los planos actuales, firmar el contrato y poner cuanto antes manos en el asunto. Tendría ocho meses para entregar el proyecto, tiempo que consideraba más que suficiente. Debo confesar que había hecho trampa, ya que como una picardía, conseguí toda la información sobre la propiedad y así poder cotizar con certeza sin tener que visitarla con antelación. Confirmé mi aceptación y esperé que llegaran los pasajes y las instrucciones del caso, para viajar y concretar la firma del contrato. En cuatro días ya tenía todo en mi poder y a la semana llegué a Fiumiccino al mediodía.

Estaban dos personas esperándome, un señor que supuse era un empleado de la organización y una mujer muy hermosa, de esas que se ven solamente en las revistas, alta, pelo negro, voluptuosa, típica italiana, vestida con una sobria elegancia y dueña de una simpatía envolvente, hablaba el español casi a la perfección, con un leve acento itálico, lo que la hacía incluso más atractiva. Mi llegada al aeropuerto fue muy tranquila y los tramites se hicieron rápido, tengo pasaporte de la comunidad europea debido a mi nacionalidad argentino-italiana, por mi ascendencia, mi nombre y apellido me delatan: Albertino Sconfianzza, nada más que decir. No tuvimos necesidad de abandonar la estación, allí mismo un suntuoso avión particular nos esperaba con su tripulación y motores listos para despegar. En hora y media llegamos a Florencia, nos subimos a un lujoso automóvil y en un santiamén llegamos, por fin, a la villa. La *signorina* Stella, mi anfitriona desde ese momento, se encargó de dar las órdenes a dos mujeres que se llevaron el equipaje a mi habitación, como ella ordenó, y después de un suculento almuerzo a base, cuando no, de pastas, me invitó a recorrer el lugar para adelantarme lo que después vería escrito en el contrato. Demás está decir que la villa yo la conocía, por la picardía que antes les comenté, de todos modos tuve que fingir que todo era nuevo para mí. Lo que más me llamó la atención fue el gran movimiento de personas haciendo numerosas tareas, mujeres limpiando el lugar, lustrando pisos, ubicando mesas y sillas, embelleciendo con flores, corriendo muebles, armando un escenario, poniendo sistemas de sonido, y algunos, según me explicó Stella, colocando un sistema de traducción simultánea con auriculares individuales. Debo haber mirado extrañado todo esto, porque ella se apresuró a contarme que al día siguiente se haría una gran cena, donde, me dijo no sin antes aclararme que rompía un secreto, yo sería el invitado principal en mi carácter de arquitecto de la nueva sede de dicho organismo. Esto hizo que además de sonrojarme me hiciera sentir halagado por tan inesperado agasajo, solamente me pidió discreción y que al momento del anuncio, fingiera estar sorprendido, si no, se darían cuenta que sabía lo que se cocinaba. Como era de esperarse, acepté y le prometí cumplir apelando a mi más histriónica sorpresa. Por la tarde me dediqué a recorrer las dormitorios, bueno, uno solo, porque los demás eran todos iguales, era inmenso, con el lugar donde iba ubicada la cama y un ambiente a su lado semi apartado que hacía las veces de oficina o lugar para desayunar o comer, según las circunstancias, además de un baño con su correspondiente vestidor y placares más que grandes con espejos en sus cuatro costados. Desde luego tenía pensado transformarlos para hacerlos más funcionales, tratando de que no perdieran el boato florentino del renacimiento. No sería fácil, pero ya estaba proyectado y aprobado, así que solamente tendría que poner manos a la obra. En cuanto al gran comedor, la cocina y el horno anexo, comprobé que eso sí llevaría más tiempo ya que había que adecuar todo el sistema antiguo, por lo cual la alimentación a gas debería ser agrandada y agregada, ya que un horno de las características deseadas necesitaría más alimentación de combustible, claro que sí era posible y así se haría.

Al caer la noche, Stella me invitó a cenar en el comedor pequeño, que no por ser más reducido estaba exento de los lujos de la villa. Antes, cuando estaba en mi habitación aseándome y cambiándome de ropa, caí en la cuenta que no llevaba ninguna prenda acorde al acontecimiento que se avecinaba, no tenía zapatos de vestir, ni traje, ni camisa y mucho menos corbata, toda mi vestimenta era *sport* y lo más cómoda posible. Se lo hice saber a Stella y ella, con esa sonrisa que te llevaba hasta el cielo y te traía de vuelta en unos segundos, me dijo que no me preocupara, que la indumentaria era lo de menos, que inclusive muchos de los invitados llegarían, algunos con sus ropas tradicionales, debido a que vendrían de todas partes del mundo. Grande fue mi sorpresa cuando mi anfitriona me contó, al yo alabar la comida, que los cocineros eran africanos, pero se apresuró a informarme que toda Europa estaba siendo "invadida" por africanos que llegaban por oleadas escapando de guerras, hambrunas y buscando una vida mejor. La entendí porque mi abuelo italiano había pasado por esa situación al marcharse a Argentina. La conversación continuó regada por un exquisito vino lambrusco, perfecto para el momento, también me sentía interesado en saber con detalle a qué se dedicaba la Organización Humanista Mundial, a la que ella pertenecía y cuál era su cargo en la misma. Me contó que lo que perseguía el organismo era concientizar al mundo en general y a algunas naciones en particular sobre la problemática del hambre en muchísimas regiones del globo, y cómo tratar de paliar ese flagelo y qué medidas tomar para solucionarlo a corto y largo plazo. Cuando le pregunté si había alguna solución a mano me contestó categóricamente que SÍ, e hizo hincapié en que el plan se estaba poniendo en marcha en algunas regiones de África donde el hambre se hacía sentir más. También buscaban frenar la superpoblación mediante métodos, algunos bastante tradicionales del lugar en que se aplicaban, que para eso estaban ellos, los miembros de dicha organización expertos en el tema y todos eran antropó... en ese momento un ruido ensordecedor nos sobresaltó y nos dejó estupefactos. A una de las personas que servían la mesa se le cayó una bandeja con comida, el sonido fue estrepitoso y puso fin a la conversación sobre el tema. Cuando nos recompusimos, cambió el interés hacia su función allí y me contó que además de ser vicepresidenta era la persona que tenía a su cargo todo el movimiento, tanto financiero como logístico, para el funcionamiento del lugar.

No sé si fue la comida exquisita, la música, el vino, el lugar, los fugaces roces de mano, o los temas que conversamos, contándonos nuestras vidas, donde llegamos a darnos cuenta que éramos muy parecidos, en edad, solteros, liberales; o cuando me insinuó que ella, además, estaba allí para que me sintiera lo mejor posible, lo que derivó en que, sin darnos cuenta, yo terminara en su cama y gozara una de las mejores noches de mi vida.

Amanecimos desnudos, entrelazados de pies y manos, completamente felices de lo que pasó, pero, MALDITO PERO, todo debía continuar. Nos levantamos, nos bañamos, desayunamos y cada uno a sus obligaciones, ella a seguir poniendo todo en marcha y yo a seguir mirando y admirando la villa.

Pasaba el tiempo, casi al mediodía empezaron a llegar los invitados, quedé impresionado, ya que llegaban personas de las más distintas etnias. Cada invitado traía un séquito de empleados, secretarios y guardaespaldas. Había orientales, chinos, coreanos, mongoles. Había africanos, del norte, del sur, del centro, muchos ataviados con trajes característicos, hasta había pigmeos, mujeres con velos, hombres con colgantes, aros, hasta algunos con un hueso atravesando la parte baja de su nariz, todo tan extraño como ellos mismos. Era un carnaval, pero no se sentía ninguna algarabía, demasiado solemne, y bueno, lógico, pensé, no vienen a divertirse, vienen a tratar un tema tan difícil como la hambruna mundial.

Casi a las cuatro de la tarde, Stella se me acercó y me preguntó si estaba nervioso. «¿Por qué estarlo?», indagué. «No sé, por todo lo que viste, y sabiendo que se acerca la hora donde serás el invitado principal», me dijo, agregando algo así como el pato de la boda, esbozando una amplia sonrisa que mostraba su dentadura perfecta, la causante de la marca que engalanaba mi espalda, pensé para mí. ¡Claro! Esta es la razón por la cual necesitan un horno tan grande. Hay que darle de comer a tantas personas que se reúnen una vez por mes, según me dijo Stella. Ahora caía, eran muchos comensales. Continué mi recorrido, y se hicieron como las seis de la tarde. Volví a encontrarme con Stella. Me invitó a beber una copa para, de alguna forma, calmarse de tanto trajín. Pronto arribaría el resto de la comisión directiva de la entidad. Ella debía estar preparada para recibirlos y necesitaba un baño, me dijo sonriendo pícara. «Tú también necesitas refrescarte. ¿Qué tal si tomamos la copa en mi habitación?».

Demás está decir que partimos raudamente, quería repetir la experiencia de la noche anterior. Llegamos, ella sirvió dos vasos, nos desnudamos, me apresuré a beber, y terminada la copa... no recuerdo más. Solamente martillea en mi memoria la caída de la bandeja que nos dejó sobresaltados, y ahora estoy aquí, con este ácido que amenaza corroerme en cualquier momento, sin sentir nada de mi cuerpo, con el tum tum rítmico sobre mí, con ese resoplar que siento detrás, con ese ruido como de trueno que a veces sube y baja, con el olor fétido que me invade, con ese ruido de abrir y cerrar válvulas, CLARO, ME DIJO QUE ERAN ANTROPÓ... justo cuando cayó la bandeja, CLARO, SON ANTROPÓ... ANTROPÓFAGOS, ¡¡¡HIJOS DE PUTA!!!

EL ESPEJO RETROVISOR

Ani Palacios

En mi espejo retrovisor tengo colgados muchos recuerdos, de rato en rato los veo flotando al aire como banderolas teñidas con los colores de mi vida. Un pase de trabajo, la primera galleta que compartimos, el boleto de aquel concierto de donde me sacaste desmayada. En el asiento en donde deberías estar como mi pasajero, descansan el brazalete de soguilla en donde practiqué nuestros nudos, una uña postiza pintada con salpicaduras de sangre y el ladrillo marcado con una fecha antigua que recogí del sótano donde nos conocimos.

****

—¿Sabe tu asesor que estás aquí? —preguntaste a una distancia prudencial. Te diría que me asustaste con tu presencia y que me ofendiste con el espacio que pusiste entre los dos, pero la verdad es que estoy acostumbrada a que me traten así.

Te miré por entero. Me tomé mi tiempo para detenerme sobre tu rostro, tu cuerpo, tus manos. Desde donde me encontraba tenía la ventaja de estar escondida por la oscuridad, mientras que tú brillabas bajo el único foco encendido.

—No tengo "asesor" —contesté.

—¿Te estas escabullendo de alguna "clase"? —insististe. Esta vez pude ver que tenías un pase.

Sonreí socarrona. Era un chiste los nombres que utilizaban en el "instituto".

—Soy nueva —dije con un tonito de perrita perdida. A los hombres les gusta que les hablemos así. Estaba segura que tú no serías la excepción, y no lo fuiste.

—Puedo pedir que me asignen como tu asesor —te acercaste y pude ver tu pase—. Mi especialidad es aclimatar a las personas que nunca han pasado por aquí. Pero tienes que salir de ese lugar lóbrego, venir hacia la luz.

—¿Escritor te crees? —repliqué escurriéndome por entre unos tubos de metal.

Me detuve de súbito a varios metros de distancia. Sentí tus pisadas acercándose. Mi corazón se aceleró tratando de decidir si quería luz en mi vida, si dejarme llevar hacia el resplandor que irradiabas era lo que buscaba.

****

Veo en la noche a la distancia las salidas de la carretera y suspiro. Son como las puertas de la vida. Como los túneles del amor. Escogemos y nos concentramos tanto en lo que tenemos frente a nosotros que nos es difícil ver que solamente unos kilómetros más allá nos puede esperar algo mejor.

Tal vez eso me hubiera ocurrido si no te hubiese conocido, ¿sabes? Pero como dirías tú: «Eso no es historia». Y sí, tienes razón, si nunca pasó entonces nunca existió.

La primera vez que te vi no te hubiera pintado de versado en "nuestros temas" (nuestros temas hoy, que en esa época nunca me lo hubiera imaginado). Más bien te califiqué de "bondadoso". No soy buena con primeras impresiones. Siempre escojo el opuesto de lo que la persona realmente es. En cambio tú... tú viniste a este mundo equipado con un radar que podía escrudiñar muy dentro del alma de alguien. Así es como me imagino que me escogiste. Desde el instante que me viste ovillada en una esquina de la sala de máquinas lo supiste, yo era tu complemento. ¿Me seguiste hasta ahí? ¿Me escogiste en el momento en que crucé el enrejado del instituto? No te culparía. A veces pienso que llevo un letrero ofreciéndome como blanco.

****

Me lo dijiste de una manera casual a los pocos días de conocernos. Estábamos solos, en una de nuestras sesiones de "asesoría". Sonaba casi como si preguntaras qué sabor de helado me gustaba. Yo, tonta, me lo tomé como una broma, como quien no quiere la cosa.

—¿Alguna vez...? —empezaste y a propósito dejaste flotar las palabras desde tu lado de la oficina hasta el mío. Luego, una pausa eterna. Luego yo mirándote, primero con curiosidad, y al instante casi con desesperación. Y tú, sabiéndome enganchada, rellenando el silencio con el develamiento de tu perversión—. ¿Alguna vez has sentido la vida de otro apagarse?

Me quise hacer la idiota. La que no entendió la pregunta.

—Estuve en el salón cuando mi abuela murió...

—¿Tu abuela? —sonreíste tratando de seguir cavando ese hueco hondo y oscuro—. ¿Tu abuela fue tu primera...?

—¿Mi primera muerta? Sí... Pero yo no la maté... a no ser que los deseos cuenten...

Por dentro me hacía la pila de los nervios, pero para ti me mostré serena. La verdad es que la idea me excitaba. ¿Cómo es posible que dos desconocidos sean tan parecidos?

—¿Deseaste asesinar a tu abuela?

—Sí —lo dije y ya. Sabía que no podía retroceder.

Acercaste tu silla y tu fragancia me inundó. Pude ver en tu mirada lo compatibles que éramos.

—¿Lo hubieses hecho de ser posible?

—De ser posible... Pero alguien más me ganó por puesta de mano. La vieja me llamaba "gorda" todo el tiempo.

—¿Y por eso la quisiste asesinar?

—¿Sabes lo feo que es ser insultada por gusto?

—¿Por gusto?

—¿No ves que soy flaca? La vieja era sádica, le gustaba torturarme... sabía que desprecio la gordura con toda el alma y ahí es donde me pinchaba.

Te acercaste más. Encontraste mi botón pero querías certificar el hallazgo.

—¿Y por qué te quedaste a vivir con ella si era así de mala?

—Tenía otras cosas que me gustaban...

—Dime tres.

Te miré con una mezcla de sorna y deseo. Te gustó darme cuerda y a mí me encantó enredarme con ella.

—Sabía lo que quería y cómo obtenerlo, vestía siempre lo mejor, era refinada y tenía todo en la casa bajo control. Con mis padres era como vivir en el circo... con mi abuela todo tenía orden.

Sonreíste.

—¿Te gusta el orden?

Me mordí el labio superior. Mis latidos empezaron a saltar indefinidos. Sabía a qué te referías y aun así asentí.

—Ahora sí podemos comenzar —dijiste mirando con trazada curiosidad de explorador el preámbulo de mi falda.

Y me di a ti. Por supuesto que me di con todo. Desde que pusiste esa idea en mí ya no podía pensar en nada más. Nunca se me hubiera ocurrido dejar salir a flote algo así, pero una vez que tú lo pusiste sobre la mesa sentí como si me hubieran quitado el collarín de esclava de lo mediocre, que me hubieran liberado algo muy dentro.

Iba a las clases, me apuraba con la tarea, dejaba entrever que todo marchaba bien. Aguantaba todo con tal de verte en nuestras sesiones y conversar de eso. De la vida. De la muerte. De tomar una vida entre tus manos y verla extinguirse.

Y me lancé. No pensé en las consecuencias. Simplemente me tiré a la piscina vacía con todas mis ganas. Fui tuya con todo lo que tenía a mi alcance. Empecé a pensar en términos de Tú y Yo. Una "t" y una "ú". Con acento. Siempre con ese acento que me derretía, sin importar lo que dijeras.

Pero no fue hasta que me "gradué" del instituto que nuestra realidad empezó. Hasta entonces se trató de una fantasía. Palabras al aire con la envoltura de compromiso, una ficción delirante, escenarios pintados entre los dos en lienzos invisibles. Al comienzo incluso pensé que era nada más que una manera de sonsacarme lo más escondido, de desnudarme en la seguridad de tu oficina, de diagnosticarme mientras me hacías pensar que tú eras como yo.

Me dejaste alucinar que todo fue una mentira cuando tres semanas enteras llegaron y se fueron, y de ti no escuché nada. Ahora caigo en cuenta que esa jugada era tu manera de hacerme desear aquello todavía más, ¿no fue así?

A la cuarta semana me encontré contigo en el supermercado. Era la primera vez que me dejaban salir sola, pero imagino que eso tú lo sabías de antemano. Nuestros carritos chocaron. Me miraste con beneplácito, con intensidad relajada. ¿Cómo podías hacer eso? Me susurraste la pregunta. Me excité al sentirte tan cerca, al tener la posibilidad al alcance de mis manos.

Sin decir más te seguí hasta tu carro. Nos sentamos los dos mudos. Yo sudaba profusamente en el asiento del pasajero, no podía creer que el momento por fin llegaba. Cuando conversábamos, todo era en teoría, todo era como un juego, pero ahora querías probarme, ver si realmente lo haría.

No hablamos palabra en el trayecto. Yo estaba decidida a hacer lo que me pidieras.

Aparcamos en un estacionamiento subterráneo. Podía sentir la altivez fingida a través de mis tacones martillando contra el cemento iluminado por un foco casi sin vida. La seguridad de mi andar contrastaba con mi mansedumbre interna.

El lugar estaba vacío. En verano la mayoría se va para el mar. Mejor. Teníamos el edificio entero para nosotros.

En el ascensor me besaste en la boca. Nuestro primer contacto físico. Mis piernas temblaban de solo pensar en lo que haríamos después.

Antes de entrar me dijiste que me tenías un regalo. Sonreí tímidamente. *La hora de la verdad ha llegado*, me dije. *¿Tendré la suficiente fortaleza para arrebatar una vida?*, me pregunté.

Me llevaste hasta la habitación. Sobre la cama, tendida a lo ancho, con las piernas abiertas como las manecillas del reloj cuando dan las ocho con veinte se encontraba una muchacha. Cubría su torso un lazo rojo. «Es tuya, para que me la calientes», dijiste rozando con tus dedos la pierna izquierda de la chica. Luego te fuiste a sentar en una esquina, sobre un sillón de color café.

Te miré sorprendida.

—No sé qué hacer... Nunca he estado con... con ninguna mujer... no soy... así...—me quejé mientras deliberaba qué haría, cómo lo haría. Me pregunté si tal vez pensaste que era lesbiana.

—Mejor —dijiste y te acercaste para ayudar a despojarme de la ropa. Luego me dejaste temblorosa y te sentaste de nuevo frente a nosotras—. Ella te guiará —murmuraste con los ojos fijos en el océano de preguntas en que se convirtió tu lecho.

Tenías razón. La chica era una experta, y cuando estuvimos cerca de arribar a esa playa llamada orgasmo, me sustituiste con tu cuerpo, y desterrada a la alfombra te vi encenderte sobre ella, jadeando, resoplando y bufando hasta que la sentiste casi al llegar. Fue entonces que pusiste tus dos manos sobre su cuello y empezaste a empujar, moviéndote sobre ella ahora desenfrenado y estrangulándola hasta el borde del abismo. Y cuando pensé que estaba muerta, la escuché gemir delirante y luego toser. Milagrosamente, la chica estaba todavía viva. Acrecentado tu miembro por la experiencia te vi penetrarla con demencia, y al sentir tu leche derramándose regresar tus manos a su cuello, y una vez más ahorcarla, esta vez hasta su aliento final.

Al terminar, me llevaste a una habitación escondida en donde guardabas todos tus "regalos". «Serán tuyas, una por una», dijiste. Te pregunté si todas eran también graduadas del instituto. Asentiste, luego me susurraste: «En acelerado, como tú».

Cuando desperté te encontré parado en el balcón, saludando al día como si nada. Quise saber cuándo morirían aquellas mujeres y me diste a entender que el proceso llevaba una semana, al cabo de la cual llegaba la noche del "sacrificio".

Pasamos por la primera y la segunda, por la alemana que me cayó antipática, la niña bien con una preciosidad de cuerpo, y la vecina a la cual volviste loca con la sola idea de tenerla a tu disposición en el instituto. Con todas jugábamos una semana y luego tú las matabas. Mi función era únicamente de calentadora.

La habitación escondida fue vaciándose de graduadas. A la quinta mujer estrangulada me di cuenta que quedaba solo una y el siguiente "sacrificio" sería el mío. ¡Qué rápido se desvanece el interés en el juego cuando es nuestro turno de perder! Me puse al habla con la muchacha a la que tocaba matar esa noche. Acordamos lo que haríamos.

Fuiste nuestro muñeco desde el crepúsculo. Ella quería asesinarte. Yo solamente deseaba estar contigo, ser tu mujer por lo menos una vez. Fue en el momento del cambio de guardia que te agarramos. La excitación puede causar una especie de ceguera de los otros sentidos y de eso nos aprovechamos. Te inyectamos con una dosis extrema de sildenafil, queríamos que estuvieras tremendamente erecto, que sintieras aquel placer de la asfixia erótica del que tanto hablabas. Y llegado el momento del orgasmo, los tres obtuvimos lo que tanto deseábamos.

****

Quise ofrecerte lo mejor de mí y en lugar de eso… En lugar de eso, tú arruinaste todos nuestros planes. Y es que a veces tomamos una oportunidad y la exprimimos con tanta fuerza que le quitamos el aire, le cortamos la circulación, sin querer la matamos.

Me desvirgaste el alma, ¿sabes? Desde la primera vez que me miraste y supiste que sería tuya. Fui tu juguete. Me dejé moldear como plastilina. Te quise como nunca quise a nadie, como nunca querré a nadie. Y aun así, nunca me tomaste voluntariamente. Nunca me hiciste tu mujer. Como buen sádico que fuiste, nunca me diste el premio ofrecido por hacer todo lo que tú quisiste. Pues, ¿sabes qué? Tú ya no estás pero nunca me podrás dejar. Vives por siempre en el amor que cargo en mi vientre. ¿Mi niño se parecerá a su padre?

CÁNTUDA

Félix E. Quevedo

El dolor era total. El cuerpo entero era dolor. Las piernas, brazos, torso, cabeza, todo yo era dolor. Tolerable. Pude moverme lo suficiente para abrir los ojos y explorar mis alrededores. Mover la cabeza de un lado al otro era dificultoso. Por cada milímetro que movía el cráneo, se sentían como martillazos en el cuello. Me encontraba en un cuarto de hospital, solo, con las piernas y brazos en tracción, colgado como una marioneta. La cabeza parecía que la tenía libre, el dolor en el cuello era suficiente para demandar a que me quede quieto. Pude mover los dedos, todos y cada uno. Dolorosamente, debo recalcar.

Entró alguien a la habitación. Se acercó sin decir palabra. Escuché una serie de pitidos de tonos diferentes. La persona al parecer manipulaba un artefacto electrónico a mi lado izquierdo. Traté de saludar, pero no pude emitir un solo sonido. Por fin el visitante se dignó a mostrarse al caminar frente a mí, al pie de la cama. Era un enfermero. Revisaba las cuerdas que sostenían mis extremidades sin mirarme a la cara. Cuando examinaba mi pierna derecha, atiné a mover los dedos del pie, saludándolo. Por fin, se dio cuenta que estaba despierto. Me miró boquiabierto por un par de segundos, para luego decir con acento alemán «Santo Dios» y salir disparado de la habitación. Regresó con un batallón de médicos y enfermeras que procedieron a hablarme con todo tipo de acentos. «Señor Pablo, ¿cómo se siente?», mientras me arreglaban las sábanas, «por fin se nos despertó», mientras ajustaban el ángulo de la cama, «señor Domínguez, qué bien se le ve», mientras me pasaban una esponja por la cara. «Escúcheme, le estamos poniendo medicamentos para el dolor en su suero, va a estar adormilado…». A partir de ahí no me acuerdo más.

Durante los días siguientes recibí visitas de muchos otros doctores. Comencé a sentirme como un pedazo de carne colgada en una vidriera, en lugar de una marioneta. La mayoría entraban, me miraban a cierta distancia, auscultaban en silencio. Cuando entraban en grupos, cuchicheaban entre ellos, sin dirigirme palabra. Nadie me explicó qué hacía ahí, y yo sin poder hablar no podía indagar. Qué desesperación no saber, no poder comunicarme, no saber quién era. En ese momento solamente sabía que me conocían como Pablo Domínguez y que los enfermeros me encendían el equipo.

Conté tres días, tres amaneceres desde el día que desperté. Esa mañana pude emitir los primeros sonidos, al comienzo eran guturales. Después de unos minutos pude pronunciar palabras humanas. La enfermera de turno fue con la que establecí el primer contacto. «Señorita, me puede dar un poco de agua», balbuceé con dificultad. Me entendió y trajo un vaso con agua con un sorbete que me puso en la boca. Le tomó unos diez segundos en darse cuenta de mi hazaña. De nuevo, el mismo espectáculo, salió de la habitación regresando con el batallón matutino al unísono. Señor Pablo por acá, don Pablo por allá, señor Domínguez por acullá.

Al día siguiente desperté sin ataduras, sin yesos en las extremidades, sin dolor. Escuché un «Buenos días, Capitán Domínguez». Voz de mujer, voz que definitivamente se me hacía familiar. Volteé para ver quién era. En la silla, a mi lado derecho, cerca de la ventana, alguien a quien no había visto antes. No pude asociar un nombre, pero la conocía. Vestía uniforme, de general, general de la Aviación. No sabía por qué conocía los emblemas, capaz por lo de "capitán", era milico.

—Buenos días, mi general —dije naturalmente, sin moverme.

—Veo que está en franca mejoría capitán, qué gusto tenerlo de regreso —dijo levantándose de la silla y acercándose a la cama.

—Disculpe que no pueda levantarme, mi general —dije con toda la fanfarria de cachaco recién graduado de entrenamiento básico.

—No se preocupe capitán, ha sobrevivido un terrible accidente. Es más bien tiempo para comenzar la investigación. Mi nombre es General Nora Mantilla. Comando la Dirección General de Investigaciones de Accidentes Aeronáuticos —dijo mirándome fijamente a los ojos.

—Mi general, no recuerdo el incidente, apenas sé mi nombre —dije amodorrado.

—Bien, muy bien. Dentro de unos momentos comenzará a recordar. El suero le hará efecto y podrá revivir los hechos... —dijo dándome palmadas en el hombro.

Entré en una forma de trance, como si estuviera dormido. Me transporté al pasado.

****

Vuelo sobre el océano a unos cuatro mil metros de altura, con rumbo oeste, está despejado y es temprano en la mañana, tenemos el sol en la cola. Mi copiloto, su nombre se me escapa... Lo recuerdo: Jorge. Los comandos de la aeronave son los del carguero K–89B que conozco bastante bien. Estamos solamente el copiloto y yo en la aeronave, lo cual es bastante inusual para una misión en este tipo de carguero porque siempre se tiene también un *"loadmaster"*.

En el horizonte divisamos tierra. Se ve árido, no puedo reconocer la costa. Mi memoria regresa lentamente. Volamos sobre el Mar Rojo desde Riyadh, con destino por revelar. Era la costa este de Egipto. Únicamente sabemos que nos han ordenado volar a baja altura hacia el oeste y que recibiríamos instrucciones durante el vuelo. Claudia, el ordenador de la aeronave, nos informa de nuestra posición con su dulce voz. «Nos aproximamos a tierra, Egipto. Preparando descenso a dos mil quinientos metros en diez minutos...». No importa lo que dijera, la voz de Claudia era bella. No hay manera de no prestar atención cuando ella habla.

Claudia termina su reporte e inmediatamente escucho un susurro en el audífono derecho: «Ayúdame». Volteo hacia al copiloto. No se ha inmutado. Definitivamente no escuchó. Pasan un par de minutos, no vuelvo a oír el susurro. Habrá sido mi imaginación, porque de seguro Claudia no susurra. Me intranquilizo bastante con la situación. Dejo mi mando al copiloto. Le digo que iré a revisar la carga.

—Capitán, las ordenes son de no acercarnos a la carga a solas; lo acompaño —responde sin quitarle la vista al horizonte.

—No se preocupe, quédese con Claudia, solo tengo que revisar que todo esté asegurado —asevero sin más explicación.

Bajo a la zona de carga. En el centro del piso, una caja, un cubo de aluminio de aviación de no más de metro y medio por lado. Me acerco. Tengo que tocarlo. A unos cuantos pasos de distancia percibo sonidos que emanan de la caja. Un golpeteo rítmico, continuo, incesante. Al mismo tiempo, algo que parece una voz apenas perceptible. Al tocar la caja, escucho un grito: «¡Ayúdame!». Todo se oscurece, me precipito al vacío. La sensación de caída dura unos diez largos segundos. Me detengo de súbito. Me encuentro parado en medio de la oscuridad, una luz me ilumina por encima, creando un círculo de unos tres metros de diámetro. No puedo ver más allá de lo iluminado. Decido quedarme bajo la luz. Llamo en la oscuridad: «¿Hay alguien aquí?». El ruido de los motores y el golpeteo rítmico no cesan, la voz continúa: «¡Ayúdame!». Aun me encuentro dentro de la aeronave. Tengo más curiosidad que miedo. Pienso: *¿Pero dónde estoy? ¿Dentro del cubo de metro y medio? ¿Fui transportado a otra dimensión?*

—Sí —dice la voz.

Silencio. No más sonidos. Percibo a mi derecha algo que se mueve rápidamente. Volteo. «¿Quién vive?», digo levantando los puños, preparándome para un encuentro.

—Yo —responde la voz, mientras siento que alguien por atrás le da dos tirones hacia abajo a mi uniforme.

Volteo dando un paso hacia atrás. La veo. Es una niña de unos seis años, dos trenzas, vestido rojo de puntos blancos, ojos enormes, desconsolados; una muñeca triste.

—¡Ayúdame a salir de la caja! —me suplica juntando sus palmas.

—¿Dónde estamos, dime? —ordeno.

—Dentro de la caja en tu avión, volando a 734 kilómetros por hora y a 4,000 metros de altura, con dirección al desierto del Sahara, donde me van a abandonar para la eternidad —dice con la cabeza gacha.

—Sabes más que yo, que soy el capitán. ¿Cómo te llamas? —pregunto.

Cambiando de actitud, muy jovial, me dice que su nombre es Cántuda. Continúo interrogándola y me revela que la caja donde estamos es una trampa dimensional. Cuando le pregunto quién es ella, confiesa que viene de otra dimensión, que es una forma de espíritu en la nuestra, y que no fue bienvenida al visitarnos. Me revela que escogió su apariencia al venir, y que era una exploradora de edad mediana en la suya. La conversación continúa por unos minutos más, hasta que llega el momento de regresar, de pronto recuerdo que tengo una aeronave que pilotear.

—¿Hay manera de salir de aquí? —pregunto mirando hacia la luz.

—Sí. Tú puedes simplemente salir deseando regresar. Yo solo puedo salir si alguien más desea que salga.

—¿Qué, tú eres el "Genio"; y el cubo, la botella? —le digo sonriendo.

—Algo así. El cubo es más bien una prisión —dice haciendo pucheros.

—¿Habrás hecho algo bastante malo? —le pregunto mientras empiezo a desear regresar a la cabina de mando como ella me dijo que podía hacer.

La sensación de aceleración hacia arriba termina cuando todo a mi alrededor se ilumina. Me encuentro en mi posición al mando de la aeronave. Pienso: *Fue un sueño. Debe haber sido un sueño, nunca dejé la cabina.*

—Nos acercamos a tierra, capitán. Mientras dormía, Claudia informó que las órdenes serán transmitidas una vez que mandemos el código de autenticación —dice Jorge.

Tengo el código colgado del cuello, en una tarjeta junto con mi placa de identificación. Digito el código en el teclado de Claudia. Ella agradece y lo transmite. Pasan 74 segundos y Claudia nos dice cálidamente: «Tenemos respuesta. Son instrucciones de plan de vuelo para el piloto automático, Carlos. Programándolo». Continúa unos segundos después, esta vez con una voz más bien firme y autoritaria: «Piloto y segundo en comando, sus órdenes son de acatar el programa del plan de vuelo, continuar sin intervención, a cualquier precio». Jorge y yo nos miramos asombrados por las instrucciones. Claudia, volviendo a su voz de siempre, pregunta: «¿Desea reconocer haber recibido las instrucciones?». Le respondo: «Claudia, envíe acuso recibo de las instrucciones, firma alfa cuatro tres ocho».

Claudia empieza a describir las maniobras de Carlos. La aeronave al llegar a tierra, manteniendo la altura, vira 47 grados a babor. Cinco minutos después, vira a estribor 25 grados. Cruzamos el Nilo hacia el desierto. Descendemos a mil metros. El rumbo nos llevará hacia la zona de los lagos de Toshka, el proyecto egipcio de fines del siglo pasado que fue abandonado después de solo cincuenta años de operación, cuando fue criminalmente contaminado con desperdicios radioactivos. Donde antes había lagos, ahora se extiende una zona desértica de alta radioactividad que será inhabitable por más de seis mil años.

Cielo despejado. Viento mínimo de nariz. Sobre el objetivo en veinte minutos.

—Nos acercamos a Toshka. Las órdenes son de dejar la carga en el medio de esta área.

Descendemos a doscientos cincuenta metros de altura. Enervante. Siempre he sentido malestar cuando tengo que dejar que el piloto automático tome tantas decisiones por nosotros. El lugar de descarga se divisa en el horizonte.

—Abra la compuerta. Prepare la… —un sacudón me detiene—. ¿Turbulencia? No puede ser.

Los sacudones continúan. No son turbulencia. Son más bien rítmicos, de un ritmo que yo conozco. ¡Cántuda! Es Cántuda. Parece que salta, hace que la aeronave se ponga en posición vertical. El piloto automático trata de mantener la altura. La aeronave sube y baja súbitamente cincuenta metros, una y otra vez. La violencia de las bajadas aumenta con cada salto. La nave requiere más esfuerzo para recuperarse con cada bajón. Decido desconectar a Carlos para aumentar nuestra altura.

—Desconectando el piloto automático. Preparando ascenso a mil metros de altura. Jorge, prepárate para el sacudón —digo, mientras procedo con lo indicado.

De pronto la nave pierde altura, aceleramos los motores y elevamos la nariz al máximo para recuperarnos. La inclinación detiene los saltos de Cántuda. Nivelamos a mil metros. Cántuda, quieta. Perdemos nuestro objetivo, nos alejamos del punto de descarga.

—¿Qué fue eso, capitán? —indaga Jorge, mirándome con desconcierto.

—¡La carga! —respondo con sequedad—. Programa a Carlos para regresar al punto de descarga.

Jorge asiente y procede a reprogramar el automático. La nave empieza a perder velocidad. Claudia advierte una y otra vez: «Peligro, peligro, incremente velocidad, peligro de detenerse en el aire». Acelero los motores al máximo, pero la nave no responde y queda suspendida.

Claudia calla repentinamente. La nave se pasma en el aire, perdemos altura con rapidez. Los motores se apagan. Los controles dejan de responder. Claudia en silencio. Le imploro: «Claudia, reactivar todo los sistemas». Caemos como una roca, perfectamente nivelados; nosotros sin poder hacer algo al respecto. Claudia responde después de unos segundos: «Todos los sistemas están...». Silencio. La voz de Cántuda termina la oración: «desactivados, capitán». Todos los controles se apagan con brusquedad.

La aeronave empieza a rotar, la fuerza centrífuga nos deja inmóviles. Puedo ver que Jorge pierde la consciencia, yo lo sigo.

****

Desperté del trance lentamente. Mantilla se encontraba sentada a mi lado. Estaba seria, mirándome fijamente. Me hallaba atado a la cama y flanqueado por dos policías militares.

—Mi general, ¿sabe en qué condiciones se encuentra mi copiloto, Jorge... Gálvez? —pregunté al tiempo que terminaba de despertar.

—El teniente Gálvez se encuentra recuperando de sus heridas en el Hospital Militar de San Antonio —respondió sin inmutarse—, lo enviamos de regreso hace un par de semanas, después de ser interrogado de la misma manera que usted. Este suero funciona de maravilla.

Presentí que algo no estaba conforme cuando Mantilla no dijo más por varios segundos. Como comandante de la misión fallida, insubordinación al no seguir mis órdenes y la destrucción del carguero, era posible que fuese llevado a corte marcial.

—Mil disculpas por haber... —empecé a decir, cuando la general interrumpió.

—Sus órdenes eran precisas, capitán. No acercarse a la carga —dijo con voz calma—. A partir de este momento, la historia oficial de la misión es que el comandante murió en el "accidente". Lo sepultaremos con todos los honores militares que se merece y su familia recibirá todo los beneficios estipulados.

No pude creer lo que dijo. Después de unos treinta segundos, finalmente reaccioné.

—¿Qué va a pasar conmigo? —pregunté.

Sin decir palabra, Mantilla dejó la habitación. Los policías militares me ordenaron que me vistiera. Me llevaron esposado al helipuerto en el techo del edificio, en donde Mantilla esperaba en silencio dentro de un helicóptero. Al subir a la aeronave, sentí el pinchazo de una inyección. No tardé en perder la consciencia al mismo tiempo que tomábamos vuelo.

Desperté en un lugar familiar, dentro del cubo.

—Hola capitán. Veo que lo han traído de regreso. ¿Me extrañó? —dijo una voz de niña.

—Cántuda, ¿qué hago aquí? —pregunté mientras me incorporaba.

—Bueno, le pedí que me ayudara a salir de esta prisión. Usted prefirió órdenes y ahora es un prisionero más, como yo —dijo sonriendo.

Se dio cuenta que empecé a concentrarme, deseando salir.

—Trate todo lo que quiera, desear salir ya no le va a funcionar —dijo mientras caminaba hacia la oscuridad.

—No te vayas, necesito que me ayudes —le supliqué.

—Lo ayudo luego —dijo una vez que desapareció—. Por cierto, ¿le dije que el tiempo no existe en esta prisión? No crecerá viejo, no morirá, vivirá para siempre… conmigo.

EL SALTO

Patricia Gabela

—No puedo apartarlo de mi mente. Todas las noches sueño lo mismo —le dijo Romualdo al doctor Aguilar, su psicólogo, mientras el sudor perlaba su frente, mostrando una incomodidad visible.

—¿Es el mismo sueño o hay variantes? —preguntó el doctor con un gesto de aburrimiento que no pudo ocultar.

—Sí, es siempre lo mismo. Lo he soñado desde que era un niño. La primera vez que lo recuerdo, yo tenía seis años y fue bien clarito porque me asusté tanto que desperté sobresaltado, llorando, gritando y en un charco de orines. La encargada del orfanato, donde me abandonaron de solo meses de edad, me dio una tunda por haber mojado la cama y me recitó un sermón argumentando que ya era yo un niño mayor y no deberían ocurrir ese tipo de accidentes. Ni el regaño ni los golpes, que me propinaron cada vez que se repetía mi sueño, evitaron que pasara, una y otra vez. Al principio era esporádico, sucedía una ocasión al mes o dos cuando mucho, pero conforme fui creciendo se hizo más frecuente. Ahora, ya no puedo más, se ha convertido en pesadilla y está presente todas las noches, y si me duermo durante el día, también me persiguen la imagen y las sensaciones, me estoy volviendo loco.

—Necesito más detalles —dijo el doctor Aguilar—. Debemos llegar al fondo de sus preocupaciones. Lo escucho —le contestó a Romualdo y acomodándose en su sillón ejecutivo, y empuñando su bolígrafo se mostró dispuesto a tomar notas en su cuaderno de hojas amarillas con líneas anchas.

Romualdo cerró los ojos, respiró profundo y con las manos temblorosas y un tono visiblemente agitado comenzó a relatar su sueño.

—Aparezco caminando por un sendero de tierra que me lleva hasta la base de una montaña. Voy descalzo y con los pantalones rasgados. Ahí escucho una voz melodiosa, femenina. Ella me indica que debo continuar por la ladera siguiendo la ruta de los antepasados. Yo voy despacio, el camino parece terminar en un banco de neblina, no se ve más allá. Dando pasos cortos voy por una senda que, poco a poco, se va convirtiendo en un pasaje que se torna bastante estrecho. Conforme escalo, a mi derecha, voy tocando las rocas húmedas, salientes, de la montaña mientras que a mi izquierda, solo se ve un precipicio tan profundo que no se aprecia el fondo. Sigo andando, la trocha se angosta tanto que me tengo que voltear de lado, con el pecho pegado a los prominentes peñascos. El espacio apenas es justo del tamaño de mis pies y las rocas van raspando mi pecho con sus agresivas aristas. El pánico se apodera de mí, mi corazón late de prisa, mis pies comienzan a resbalar y siento que caeré al vacío. De repente el camino hace una curva, me obliga a girar rodeando la montaña y llego a un bosque. El paraje es como de cuento de misterio, hay árboles muy altos con hojas verdes y amarillas que brillan cada vez que la luz los besa, se percibe el aroma a pino recién mojado por la lluvia y al ir caminando se escuchan mis pasos sobre la hojarasca. La voz me pide que transite por una ruta marcada con flores blancas. Al seguirla me interno más y más en la espesura hasta que me siento perdido. Mis pies sienten el musgo lamoso del suelo. Veo alrededor y todo se ve igual, los mismos árboles a la derecha, a la izquierda, al frente y atrás, no hay diferencia, y el camino de flores blancas atrás de mí, desapareció. Solo me queda seguir hacia adelante. Los troncos de los árboles se hacen más altos y el espacio entre ellos aminora. En algunos momentos me cuesta trabajo cruzar entre la vegetación. La arboleda se hace más espesa, tan tupida que dentro de ella el día se oscurece. Me pongo nervioso pero descubro que al final del camino hay una luz, solo verla da la sensación de tranquilidad y claridad. Llego al lugar y me encuentro con un río de aguas embravecidas. La voz me pide que me aproxime a la orilla y yo me resisto, no quiero caer y ser arrastrado por la corriente. La voz insiste y yo me acerco a tocar el agua. Está tibia, placentera, transparente. Me produce una sensación de alegría indescriptible. Puedo sentir la brisa sobre mi piel. Aparece otro camino de flores, pero ahora son color violeta. Mis pies descalzos caminan sobre un banco de pétalos húmedos. Yo sigo por el camino y me interno en el bosque, por un hueco que se forma entre la vegetación. A lo lejos, veo a una mujer dando a luz un bebé de piel color de rosa y cabello negro. Apenas nace el niño se acerca una criatura con aspecto grotesco y arrebata al pequeño de las manos de su madre. Sopla un viento huracanado que hace que los árboles se doblen y las hojas vuelen en desorden. Ella, retorciéndose de dolor y sangrando copiosamente, corre desesperada persiguiendo al ente pero lo pierde de vista. Le han robado lo más valioso de su existencia. Se dirige hacia el río y, con los brazos abiertos como si quisiera volar, se lanza para que la corriente se mezcle con las lágrimas de su rostro y se abandona en ella dejando que la arrastre. La veo caer por una cascada muy alta, desaparece entre el torrente que produce una espuma blanca y una neblina que cubre todo el ambiente, solo se escucha el estruendo ensordecedor del agua golpeando las rocas al caer.

El psicólogo estaba muy ocupado garabateando su cuaderno y entre palabras y dibujitos había llenado más de cuatro páginas.

—Continúe —alzó la cabeza Aguilar para declarar su opinión de hombre de ciencia—, es importante que no deje fuera ningún detalle.

Romualdo continuó:

—Repentinamente, me encuentro frente a la cascada que parece estar compuesta de hilos de plata, nubes de algodón de un blanco brillante creado por el burbujeo del agua revuelta al ir cayendo, y una cortina de neblina producida por las gotas que flotan en libertad. En ese tapiz de espuma aparece la figura de la mujer, no distingo sus facciones, solo veo su silueta. Su cuerpo parece esbelto pero está muy difusa, no puedo percibir detalles. Con sobresalto escucho su voz, la misma voz que me guio hasta ese lugar. Me pide que vaya con ella por detrás de la cascada y me encamine a su encuentro. Yo siento un terror infinito solo de pensar que me puedo ahogar o que al caer al agua puedo fracturarme los huesos. No quiero moverme. Ella insiste, sale un poco del agua y me permite ver su dulce rostro. Parece un ángel, pero sus ojos están enrojecidos y llenos de lágrimas. Me extiende la mano. Yo extiendo la mía. Cuando estoy a punto de tocarla desaparece dejándome una sensación de vacío y de incertidumbre. Yo la busco en la catarata pero no logro verla, comienzo a llamarla y en ese momento me despierto con el grito que estoy emitiendo en la realidad.

Al terminar la descripción de Romualdo, el doctor Aguilar hizo un gesto de comprensión y levantándose de su mullido sofá le indicó que el tiempo de la sesión finalizó y que lo esperaba la siguiente semana. Antes de dejarlo ir, le aseguró que haría lo posible por descifrar su sueño y que lo comentarían la próxima vez.

Romualdo salió de ahí agitado, triste y mucho más alterado de lo que entró. A sus sesenta y cinco años tenía la resolución de terminar con esos sueños que lo dejaban tan sobresaltado. Cuando llegó a su casa prendió la televisión y vio que estaban pasando un documental de las Cataratas del Niágara. Primero escuchó los datos técnicos de la cantidad de agua, la velocidad y la altura pero después puso atención a las imágenes y se dio cuenta de que esa cascada era exactamente igual a la de su sueño. Hasta creyó ver la imagen de la mujer en la pantalla de la televisión. Se quedó perplejo por el enorme parecido y aunque nunca había visitado ese lugar, sentía haber estado ahí con anterioridad, le parecía demasiado familiar.

Sin pensarlo dos veces aventó su ropa en una maleta vieja, la puso en la parte trasera de su auto y tomó camino. Estaba decidido a visitar ese atractivo turístico que acababa de cobrar tanta importancia para él, quizá así lograría deshacerse de ese sueño que no lo dejaba vivir en paz. Intuía que habría algo de información acerca de la extraña mujer o al menos algo que pudiera aclararle los detalles de sus sueños, que para esas alturas ya consideraba pesadillas.

En unos días Romualdo llegó al pueblo cercano a las cataratas y, aunque la inquietud de estar frente a ese fenómeno natural era inenarrable, antes de ir a verlas decidió investigar por los lugares cercanos. Sabía que ahí vivieron varias tribus de nativos americanos y seguramente habría, en algún sitio, información específica. Preguntó a los dueños de los negocios locales, a las señoras en el mercado y hasta a los niños que corrían por el parque. Todos los datos lo llevaron a un bosque cercano. Según le indicaron, ahí vivía el hombre más sabio de la región, aunque todos coincidieron en que era muy difícil encontrarlo. De acuerdo a varias versiones, la única posibilidad de hallarlo sería ir en la madrugada, al momento del sol naciente, cuando el hombre hacía su ritual diario, y así tratar de hablar con él.

Al día siguiente, a las cinco de la mañana, Romualdo caminó hasta un paraje cercano a las cataratas. Este era el lugar preciso para esperar a quien quizá le brindaría un poco de consuelo y tranquilidad. Ese personaje, a pesar de estar viejo y ciego, según le advirtieron, conocía todos los secretos, acontecimientos y leyendas de esas tierras.

Mientras esperaba, Romualdo no podía dejar de ver el espectáculo de la imponente caída de agua, le era tan familiar el paisaje que sentía haber vivido en ese lugar toda su vida. Al poco rato, cuando el sol comenzaba a asomarse por el horizonte, el hombre sabio hizo su aparición. Ahí estaban los dos, a la orilla del río, muy cerca de las cataratas. El anciano se aproximó, puso los dedos de sus dos manos sobre el rostro de Romualdo. Recorrió su frente, sus cejas, trazó el contorno de sus ojos y marcó la curva de su nariz. Con suavidad deslizó su mano sobre los labios hasta llegar a la barbilla. En la cara del viejo se dibujó una sonrisa.

El ruido del movimiento del agua hacía difícil la conversación, pero el indio sabio insistió en que permanecieran ahí, justo al amanecer, en el preciso momento en el que el filo redondeado de la bola incandescente asomara en el horizonte, en el puntual instante en el que los tonos naranjas del cielo se reflejaran en las cataratas, haciéndolas lucir como oro fundido.

El místico hombre, levantando los brazos hacia el cielo, y colocándose de frente hacia la salida del sol, le dijo:

—En estas tierras vivió hace algunos años una familia con talentos místicos. El padre se encargaba de curar las dolencias y los males físicos de los habitantes del lugar y de parajes lejanos. Las personas viajaban miles de kilómetros para consultarlo. La madre tenía el don de la pintura. De sus manos también salía el alivio a los problemas del alma. Su esposo le preparaba unos aceites extraordinarios hechos de yerbas del bosque. Ella le daba un masaje a su paciente con esos aceites especiales dejando que se desprendieran los espíritus malignos que tenía en su interior y una vez que salían por los poros de su piel los atrapaba en sus pinturas y los aprisionaba por toda la eternidad o hasta que se destruyera la obra. Muchos viajeros y personas de lugares lejanos los visitaron. Al paso del tiempo tuvieron una hija, quien aprendió las habilidades del padre y de la madre, y desarrolló las suyas propias. A ella le gustaba ir a los bosques a conseguir las plantas para sus padres y a su vez experimentar con mezclas de olores en un ambiente natural. La niña podía sanar a los animales enfermos y heridos con solo llevarlos a ciertos parajes y confeccionarles unas mezclas que desprendían aromas especiales. Un día, cuando la joven cumplió dieciocho años, se internó en el bosque. Ahí conoció a un apuesto indígena que vivía oculto en el tronco de un árbol milenario. Ella, al verlo, se enamoró de él y le entregó su voluntad. Él quedó prendado de la belleza de la doncella con piel tan blanca como la porcelana. La joven desapareció de su casa y se quedó a vivir en el bosque. Sus padres entendieron que ella se marchó para encontrarse con su destino. Durante nueve meses vivió oculta en el tronco del árbol milenario con su enamorado, tiempo en el que gestó un hermoso bebé de piel color de rosa y cabello negro. Cuando la criatura nació, un engendro que habitaba en los bancos del río, haciéndose pasar por marinero, tomó al niño en los brazos y desapareció con él. El hombre del árbol trató de perseguirlo para recuperar a su hijo pero fue imposible, el ser grotesco lanzó un rayo fulgurante que lo dejó ciego y desapareció entre los árboles. Ella, desesperada, con el alma llena de tristeza y los brazos vacíos corrió al río y se arrojó. La corriente la llevó hasta las cataratas donde se tiró en caída libre por los cincuenta metros de altura. Nunca se supo qué pasó después, no encontraron su cuerpo ni su ropa. No hallaron rastros de ella. El hombre del árbol se esfumó en el bosque. Cuenta la leyenda que ella vive entre las cortinas de agua pero que nunca nadie la ha podido ver.

—Yo la conozco, sueño con ella todas las noches, está justo ahí, entre los velos de encaje de la cascada —respondió Romualdo—, es hermosa, su cabello albo y ondulado que baja hasta su cintura flota con la brisa que produce el torrente, su cuerpo de piel casi tan clara como el agua, se oculta detrás de la blanca espuma, sus manos se agitan en tono de súplica y su voz lastimosa canta un arrullo dulce apenas perceptible. No he podido distinguir más, pero sé que está ahí.

Romualdo no había terminado su descripción cuando el anciano súbitamente lo hizo callar, puso su mano sobre su frente y recitó unas palabras en su idioma natal.

—Eres tú, eres tú —repitió varias veces—, por fin has venido —y sin decir nada más rodeó con sus brazos la cintura de Romualdo, apretándolo con fuerza.

Al instante en que los cuerpos se entrelazaron comenzó a soplar el viento, primero como suave brisa y luego cada vez más fuerte, hasta alcanzar velocidades huracanadas haciendo casi imposible respirar. El cielo se tornó oscuro, las nubes grises poblaron las alturas. Se desató una tormenta eléctrica. Una columna de agua se irguió en el río, se movió en dirección a ellos y con un movimiento giratorio los envolvió, arrastrándolos hacia el centro del torrente. Ambos hombres cayeron en el caudal. La potente corriente los arrastró hacia el salto del agua. Los dos se abrazaron y se dejaron llevar. No se supo más de ellos, pero dicen que en las noches se escuchan risas que salen de la cascada.

LA DAMA DE ALABASTRO

Amílcar Araujo

Salí una vez más de la casa con la prisa que me daba esa desesperación que hace que se sientan mariposas en el estómago. Solo una vez la había visto y fue suficiente para quedar prendado de esas formas y ese rostro perfecto. Desde aquel momento, mi corazón y mi mente no tenían espacio para nada ni nadie más.

Llegué a la plaza donde la vi por primera vez y ahí estaba, con su elegancia fuera de toda proporción, con ese cuello de cisne y esa perfección que me hacía estremecer. No, no me atrevía siquiera a acercarme. Mi cobardía era tan fuerte como el amor que sentía por ella. Sabía que estaba fuera de mi alcance, pero en algún momento de mi existencia tendría que armarme de valor y gritar desde lo más profundo de mi ser cuánto la amaba.

Mi mejor amigo, Esteban, mi compañero desde la infancia, era mi confidente y solamente a él le confesaba el más profundo de mis secretos. Él me comprendía, siempre lo había hecho desde que teníamos cinco años. Él me escuchaba, atento, paciente. Él no decía nada, solo me dirigía esa mirada comprensiva que relajaba mis tensiones e inquietudes.

«¡La vi de nuevo!», le dije a Esteban sin poder contener el entusiasmo y los nervios que se arremolinaban dentro de mí. Se me quedó viendo con esa sonrisa serena y solo afirmó con un movimiento de cabeza. Corrí a la recámara y me tiré en la cama, abrazando la almohada, besándola y soñando que era ella a quien tenía entre mis brazos.

El solo pensar que algún día no la volviera a ver abría un vacío en mi pecho, cortaba mi respiración, humedecía mis ojos, y hacía que mi cabeza girara a tal velocidad que en cualquier momento perdería el sentido. Quería agradecer a toda la corte celestial que todos los días, a la misma hora y en el mismo lugar podía verla. Era el más afortunado de los mortales y sería aún más si tuviera el valor de acercarme y decirle las cosas más bellas, todo eso que tiene que ver con el sol, las estrellas, las flores... ¡Un poema! Eso es, un poema. «¡Esteban!», grité con impaciencia. «Voy a escribir un poema para mi amada», no hubo respuesta pero estaba seguro que me escuchaba.

«*Tú eres la dueña de mi vida... y... y...*», acabé destruyendo el papel, desesperado por mi falta de talento. Una nueva ráfaga de inspiración llegó. Una nueva hoja de papel y la pluma se deslizó escribiendo lo que mi corazón sentía. Pasaron qué sé yo cuántos minutos y muchas hojas con palabras a medias. Las musas no me favorecían.

«*Eres un sueño hecho mujer... y... y...* ¡Qué cursi!», exclamé con desesperación. Todas las canciones de amor dicen lo mismo. Arrugué la vigésima tercera hoja de papel con los movimientos bruscos e insensatos de la frustración. Me levanté de la mesa, arrojé la pluma al suelo y corrí hacia mi recámara pasando por enfrente de Esteban, esta vez no quería más miradas comprensivas de su parte. Me arrojé a la cama y mordí la almohada.

«¡Eres un cobarde!», me grité a mí mismo. «¡Ya! Ya no puedo seguir así, mañana hablo con ella».

Me levanté de la cama con los primeros rayos del sol y las usuales mariposas en el estómago. Me bañé, lavé mis dientes, me puse mi mejor camisa y el pantalón que compré para mis entrevistas de trabajo, recién lavadito y bien planchadito. Lo que quedaba en el frasco de loción era insuficiente para regalarle un buen golpe de fragancia que despertara su pasión. Pasé rápidamente por la sala y vi de reojo a Esteban. Me despedí con un guiño que mi amigo respondió.

El mismo autobús, la misma caminata de seis cuadras para llegar a la plaza. Lo que mis ojos vieron me dejó petrificado por unos minutos. Entre la polvareda y el ruido de maquinaria de construcción vi que ella no estaba y con el corazón hecho pedazos comprendí que no regresaría. Un letrero decía "Obras públicas, reubicación de piezas de arte".

Fuera de mis sentidos, me dirigí a mi departamento. En el camino estuve a punto de arrojarme bajo las llantas de los carros para poner fin a mi miserable existencia. Entré, me paré frente a Esteban y le dije:

«Me dejó, se fue». Él me miró con su usual paciencia.

«¡Dime algo por favor!». Esteban solo me miraba.

Me alejé de él y con furia arrojé el florero e hice pedazos el espejo de la sala.

Esteban jamás volvió.

Citadino

Marisol Rodríguez

El ruido estruendoso de un reguetón asaltaba a todos a quienes se encontraban en la calle. Los adoquines de El Viejo San Juan habían sentido desde los estallidos de cañones españoles coloniales hasta la distorsión de un bajo a través del latón de un auto. Rolando estaba en el asiento trasero del auto que compartía con otros tres jóvenes. Por mucho tiempo añoró verse junto a Rosita. Tener la oportunidad de escucharla, él solo, sin otra distracción. En ese instante su rodilla, su tobillo, su hombro parecían perderse en la rodilla, el tobillo, el hombro de ella. *¿Tendré suficiente desodorante? ¿El ajo de la cena me arruinará el efecto de la voz de locutor que parece cautivar a todas las chicas, menos a Rosita?*

Pensando en sorprenderla, Rolando practicaba en silencio el coro de la canción. Fue inútil. Cada vez que trataba de impresionarla cantando, las carcajadas de los demás en el auto asfixiaban sus esfuerzos. Rolando decidió que no tenía tiempo. Llegarían a la plaza en solo unos minutos, entonces tendría que disputarse esos ojos de bosque y esa figura de diosa con toda la jauría de jóvenes que se darían cita en el festival.

La hora de la verdad había llegado. Tendría que sacar valor de donde no tenía para hablarle. Aunque estaba junto a ella, tuvo que virar su cara y acercarse a su oído. Justo allí respiraba el perfume de orquídeas de Rosita. De repente, Rolando comenzó a sentir un cosquilleo. No lograba discernir su origen. Sin aviso alguno, no se hizo esperar: «¡Aaaaaaachuuu!». Rolando quiso desaparecer del universo. Los escupitajos salpicaron a Rosita desde su oreja hasta su rostro. El pensarlo le daba asco. La vergüenza lo invadió, sacó su pañuelo para secarle la cara y ella le dijo: «Ya que me has llenado de saliva, aunque sea ¡bésame!».

JUNTOS POR LA VIDA

Félix Amicantonio

La pertinaz llovizna caía sobre ellos salpicándolos, confundiéndose con las gotas de agua salada de las olas al golpear contra las rocas. Él estaba de pie, ella sentada, uno al lado del otro, como mirando el mar. De repente él sintió como se agolpaban los recuerdos dentro de su cuerpo al percibir la humedad y la ventisca helada.

****

Se vio otra vez en el suelo, mojado, escondido, armado, esperando la llegada que no tardaría en suceder. Ellos vendrían, estaba seguro, caerían en la trampa tan hábilmente tendida. Él la preparó al detalle. Fue su plan, era un experto. De repente alcanzó a escuchar un sonido tenue. Algo o alguien se arrastraba con sigilo en su dirección. Su oído agudo escuchaba el jadeo inconfundible de una persona esforzándose. Sonrió y esperó para ver qué sucedía. El otro cuerpo, porque era un cuerpo, se detuvo y trato de oír algo. Presentía, pero estaba consciente que debía seguir adelante. En ese momento, supo que llegó al objetivo. Era el lugar, tal como le informaron. Observó muchísima gente divirtiéndose y siguiendo algo así como un sorteo. Se asomó con lentitud, no se veía vigilancia alrededor. Arrojaría el artefacto y emprendería la retirada. Trataría de dirigirlo hacia donde hiciera más daño, tal como lo aprendió en Libia y Cuba, porque se formó en esos lugares, en sus campos de entrenamiento. Ella, porque se trataba de una ella, era la mejor y por eso era la elegida para cumplir tan difícil misión. Se levantó con calma, calculó la distancia. Cuando estaba a punto de arrojar la bomba, una voz a sus espaldas le dijo, sin gritar pero con firmeza: «¡No lo hagas! Déjala muy despacio en el suelo y apártate». Ella no hizo caso, se volvió y lo reconoció. Lo conocía del bar de la universidad, siempre conversando con otros alumnos, como si fuera uno más. Ahora se daba cuenta que lo que hacía era buscar información, o tal vez hacer contrainteligencia. Él no supo quién era ella porque estaba encapuchada. De pronto recordó que aquellos ojos los había visto muchas veces en el antro universitario, admirando su belleza inusual. Rogaba que no fuera ella, que fuera otra.

La mujer dejó el aparato en el suelo, él le ordenó que se sacara la capucha. Ella a regañadientes comenzó a hacerlo, mientras tanto fue acomodando con su lengua la pastilla de cianuro entre sus molares, tal como se lo enseñaron, y empezó a sonreír. Terminó de sacarse la cubierta de la cara y al advertir el desconcierto de él al reconocerla, pateó la bomba en su dirección a la vez que comenzó a masticar el veneno. Él lo supo, se abalanzó hacia ella y en el camino sintió la explosión que lo hizo volar por el aire. Mientras caía, atinó a disparar su arma, desplomándose sobre el cuerpo de ella. En tinieblas, solo tuvo la intención de buscar su boca. La encontró y metió, como pudo, casi salvajemente, sus dedos en ella, halló la pastilla y con fuerza empujó su mandíbula y la obligó a escupirla. Luego golpeó con furia lo que él creyó que era la cara y todo fue tinieblas.

****

—Esta humedad me hace acordar aquella noche, ¿recordás? —dijo él.

—Sí —dijo ella.

—¿Por qué no me hiciste caso y la dejaste?

—No te olvides que yo era una combatiente de un ejército de liberación, estaba entrenada.

—Yo también era un combatiente, pude haberte matado, pero no lo hice.

—¿Por qué?

—Porque no era un asesino, si disparé fue puro reflejo, sabía que te ibas a suicidar, por eso cuando caí sobre ti lo primero que atiné fue a sacarte la pastilla de la boca.

—Y lo lograste, pero la bomba explotó. Resulté herida con tu disparo y vos con la onda expansiva.

—Te fui a ver... –corrige– a visitar. Supe lo de tus piernas, no quería hacerlo, fue instintivo.

—Sí, la bala atravesó el cuerpo y se alojó en la columna, todavía está allí, algún día quizás se atrevan a operar. Y vos, supe lo de tus ojos...

—La bomba estaba mal preparada, exceso de fósforo, el destello me quemó el nervio ocular.

—¿Cómo me encontraste?

—No te olvides que sé algo de informaciones, además todavía tengo amigos en el lugar.

—Pensé que me iban a matar.

—No, el Gobierno te necesitaba como propaganda. Eras una terrorista que apresaron. Cuando se dieron cuenta que eras propaganda contraproducente, pensaron en matarte, pero la opinión pública se les volvería en contra...

—Claro, matar a una inválida...

—Por eso te dieron la alternativa del asilo político, y llegaste hasta aquí.

—Quién iba a pensar que nos volveríamos a encontrar aquí, en este frío lugar, Helsinki, casi el fin del mundo...

—Averigüé, y te vine a ver... –corrige– a encontrar...

—Pensar que las veces que nos vimos en la universidad, no nos imaginábamos que las cosas serían de este modo.

—Cierto. Éramos muy jóvenes. ¿Te cuento un secreto? Te vi y me gustaste, eras... –corrige– sos hermosa, jamás pensé que te fijarías en mí.

—Sí, me fijé. Me mirabas de un modo diferente que los otros muchachos, a los ojos...

—Es la única forma de ver el corazón de las personas...

—¿Cómo puede ser posible, que una persona como vos, preparada para la guerra, hable de esa forma?

—Porque a pesar de todo, de mi carrera, del duro entrenamiento en Panamá, soy un ser humano.

—¿Por qué tuvo que ser así? ¿Por qué no pudo ser normal, como cualquier par de chicos de nuestra edad?

—Porque así es la vida, porque teníamos nuestros sueños, nuestras ideologías, equivocadas o no, eran nuestras. Lástima que transitábamos distintos caminos, pero ahora estamos aquí. Hablando, sintiendo, comunicándonos.

—Se me ocurre que ahora podríamos seguir juntos, hay poco que perder y mucho que ganar. Te hago un trato: yo soy tus ojos y vos serás mis piernas, ¿puede ser?

—Qué buen trato, ¿y por cuánto tiempo?

—Hasta que la muerte nos separe, ¿sí?

—Hecho.

Si las guerras son tristes, sucias, inhumanas, qué podemos decir de las luchas entre hermanos. Guerras que las sufren casi todos los humanos, y las aprovechan muy pocos.

LA MEDIDA DE LA BONDAD

Ani Palacios

La verdad es que Miguel Mendoza nunca terminó la secundaria, nunca pasó por la universidad, nunca tuvo algún adulto que lo guiara. Eso es lo que hacía que su historia de éxito fuese tan impresionante. Un huérfano sin educación formal convertido en un magnate a los treinta. Contaba él que empezó con solamente mil soles en el bolsillo, producto de meses de mendigar en las calles y dormir bajo el puente. Decía que en esa época era muy delgado y que solo tenía una muda de ropa. Todo el dinero que obtenía en la calle lo guardaba en un escondite predilecto en una alcantarilla cercana.

Una tarde calurosa, Miguel se encontraba mendigando en una esquina. Como siempre, estaba haciendo piruetas frente a los carros detenidos en la luz roja. Treinta segundos para hacer su presentación, treinta para pedir limosna, uno para salirse del peligro de los conductores avanzando a toda velocidad una vez que la luz cambiase a verde. En una de esas trastabilló y cayó sobre el capó de una limusina.

Del automóvil se apeó una bella mujer de apariencia exótica, vestía por entero de dorado y llevaba el cabello de color azabache en diecinueve trenzas que le llegaban hasta la cadera. Lo tocó y sin decir nada regresó al interior del carro.

Enmudecido, Miguel se levantó y caminando perfectamente y sin cojear siquiera un poco se marchó de aquel lugar y nunca más se le vio por ahí.

Un año después, Miguel Mendoza era millonario.

Al comienzo todo el mundo lo llamaba señor Mendoza, con mucha discreción y respeto, pero pronto se empezó a rumorear que el hombre no era terrenal, que era un enviado divino con poderes sobrenaturales. El hombre había curado a un mudo y enmudecido a un gobernante que no dejaba de hablar sandeces, logró que un iletrado lea de la noche a la mañana e hizo que un drogadicto dejara el vicio y recuperara todas sus facultades mentales.

De señor Mendoza con venias pasó a ser "San Miguel", con venias también aunque de una tonalidad diferente.

Conoció a su esposa en una de las barriadas que era dado a visitar cuando sentía que el halo de lo sobrenatural lo abandonaba. Ella, una mujer con los músculos atrofiados por una terrible enfermedad, lo miraba sentada en una posición imposible desde el suelo del cuchitril en donde vivía. Toda la vecindad estaba arremolinada cerca de ellos cuando don Miguel la tocó. Inti Raymi, que así era su nombre, igual que la ceremonia incaica en Cuzco, reveló después que lo único que sintió en ese instante fue mucha luz, el cosquilleo de algún tipo de electricidad de bajo voltaje pasando por su cuerpo y luego el milagro de sus extremidades desatándose de ese ovillo cada vez más apretado en el que había vivido por décadas.

Una vez que Inti se levantó y estuvo enfrente de su benefactor los dos quedaron prendados, y de la mano salieron de la casucha oscura a la luz de una vida nueva.

Inti le regaló la dicha de tres niñas: Killari, Asiri y Yuriana. Los cinco juntos eran invencibles. O eso fue lo que pensó Miguel hasta el día que su Inti Raymi y las tres joyas de su vida fueron arrebatadas por un ladrón llamado destino... también conocido en el reporte policial como conductor drogado.

Lo que siguió fue penumbra. El hombre que casi podía resucitar a un Lázaro moderno no pudo hacer nada para salvar a su familia.

Poco a poco fue cambiando Miguel, alejándose de los milagros, negándolos con una sonrisa de revancha. Si él no podía tener un milagro en su vida, entonces nadie lo obtendría.

Un día, sentado en tráfico dentro de su limusina vio a un joven haciendo piruetas frente a los carros detenidos en la luz roja.

Sintió una punzada en su corazón y le gritó al chofer que avanzara apenas la luz cambiase, topando al muchacho de costado y sin detenerse para auxiliarlo. Esa fue la última vez que Miguel Mendoza disfrutó del lujo que la vida le regaló; al día siguiente su fortuna se esfumó. Su desquite casi le costó la vida al chico, quien al abrir los ojos luego del susto se encontró con una mujer de aspecto exótico vestida por entero de dorado.

CALLEJÓN

Félix E. Quevedo

Espero que valga la pena la interrupción. Al Antonio lo tenía al punto de reventar. La llamada describía a un idiota que se tiró del décimo piso hacia un callejón en el centro. Con mi suerte, yo estando en el departamento del Antonio, que queda a unas cuadras del lugar, era la detective que estaba más cercana. ¡Por qué carajo tenemos estos localizadores que revelan nuestra posición! Detesto no tener privacidad, tendría todo el armamento del Toño atacando cada una de mis trincheras.

Ahí están las luces de las patrullas. Al otro lado del callejón. Me acercaré por el otro flanco. ¡Carajo!, estoy vestida con la micro. ¡Puta!, que por apurada me olvidé del calzón donde el Toño. Esta noche se van a ganar mis compañeros de armas.

Bajaré con cuidado para no revelar todo a la vez. Ya pusieron la cinta amarilla de escena del crimen... de una vez aprovecho y pasaré por debajo agachándome, mostrando mis dones. ¡Cómo me gusta el espectáculo! Se ganó el sargento... disfruta sin tocar jefe, que esta noche tu mujer es la que al final gozará.

A ver. La cara del cadáver está contra el piso. Fea forma de morir. ¡Cara al suelo a tantos kilómetros por hora!

—¿Quién descubrió el cadáver? —pregunté.

—Recibimos una llamada anónima —respondió uno de los guardias, que por cierto tenía un buen traserito.

Los brazos del occiso estaban en los costados, tocando los muslos. No es la posición normal para alguien al caer. Hay marcas en las muñecas que parecen de ataduras.

—¿Alguien tomó fotos? —indagué—. Necesito detalles de las marcas en las muñecas.

El oficial del potito tiene cámara, ¡y yo sin calzón! Es posible que el Antonio tenga un solitario esta noche. Me acerco. Leo su nombre. Me pongo detrás del oficial. Entonces decido si vale. Oficial César Salgado… ¿tendrás lo que necesito?

—Oficial Salgado, ¿sabe si hay testigos? —le susurro al oído, mientras él toma fotos detalladas del cadáver.

—Solo la llamada anónima, señorita detective —responde sonriendo al terminar la oración.

César, tu sonrisa me convenció. No tienes anillo, ¿estarás disponible para la misión?

Las marcas de las muñecas sí son de ataduras. Parecen de cordel de nilón. No puedo declarar que sea suicidio, debe ser una víctima. Tendremos que esperar el reporte de la autopsia.

Por fin llegó el fiscal, ahora podremos mover al finadito.

—Salgado, venga, ayúdeme a voltearlo.

Capaz si abro un poquito las piernas, César lo note y luego quiera participar en una sesión de "interrogatorio privado". Tengo todo el equipo listo en mi automóvil. Funcionó, lo sonrojé. Ahora es tu turno César, dime que me deseas.

La cara del tieso muestra heridas de golpes, no el resultado de una caída. Yo he visto estas heridas antes. Son de macana. Yo he hecho estas heridas. Debe haber sido uno de los oficiales. Al parecer voy a tener que interrogar a Salgado de todas maneras, aquí, en el callejón.

CONEJILLO

Patricia Gabela

—Nos vemos en el Bar Perfume a las ocho de la noche en punto. Yo vestiré un traje blanco, camisa blanca y corbata roja. ¿Y tú? —le pregunté a mi cita a ciegas.

—Usaré un atuendo blanco y zapatos rojos, así no desentonaremos.

Conocí a esta misteriosa mujer en el Internet. Nunca me envió una fotografía, ni siquiera falsa. No tenía idea cómo era. Pero lo que sí sabía es que se entusiasmó cuando le propuse que nos conociéramos en persona. Sé que cuando me vea se derretirá y se entregará sin reparos.

¿Y si es gorda? Mmmm... será perfecto para hacer el salto del armario y caer en blandito. Seguramente tendrá unos senos voluminosos y esponjados como pelotas de playa en los que enterraré la cara hasta amoratarme por la asfixia.

¿Y si es vieja? Besaré sus pies, esos no se arrugan. Jugaremos a la piñata. Me vendaré los ojos, daré varias vueltas hasta marearme y daré un garrotazo en el lugar preciso. Y si es necesario, le daré una planchadita.

¿Y si tiene granos en la cara? La volteo de espaldas y practicaré el perrito.

¿Y si no tiene dientes? ¡Uyyyy qué delicia! Con unas chupaditas me hará volar al infinito.

Me seguí haciendo preguntas acerca de su aspecto físico y siempre encontré una respuesta, después de todo ella tampoco me había visto. Para mí, sería la primera... la primera y única cita que he tenido en mis treinta años.

Me levanté temprano, puse especial esmero en mi arreglo personal. Me bañé con agua caliente. Puse detergente para lavar platos en mi estropajo y usé la piedra pómez para tallarme los pies y quitarme los pellejos. Me pinté de negro las uñas de los pies para disimular los hongos. Me afeité la cara con cuidado para no cortarme. Con las pinzas de cejas me quité los pelos de las orejas. Me unté vaselina con limón para peinarme y que el cabello no se desarreglara en un momento inoportuno. Aunque todavía no daba el mediodía, decidí vestirme con la ropa que prometí. Me puse un delantal encima para no ensuciarla.

Llegué unos minutos antes de la hora pactada al Bar Perfume. Me acomodé en la mesa más escondida, en el rincón más lejano y esperé. Entraron varias mujeres hermosas pero ninguna vestida de blanco. *¿Será que cambió de atuendo y se le olvidó decirme?* Los minutos transcurrieron y no llegaba Flor, como decía llamarse. Comencé a desesperarme. Vi entrar una persona con el cabello negro hasta la cintura, de figura esqueléticamente plana, bigote que apenas asomaba debajo de su nariz y pies demasiado grandes. Vestía un pantalón blanco y una camiseta blanca y como remate un clavel rojo en la mano. Comencé a ponerme nervioso. *¿Y si la mujer de mi encuentro resultara hombre? ¿Y si a la hora de la hora me saliera con que quiere que juguemos espadazos?* El sudor comenzó a correr por mi frente. Permanecí congelado donde estaba, rezando para que ese esperpento no fuera mi Flor. Para mi fortuna, pasó de largo, habló con una persona, le entregó el clavel y se retiró del bar. Seguí esperando. El reloj corría con prisa y ella no aparecía. *¿Qué tal si se arrepintió? ¿Qué tal si no encontró el lugar? ¿Qué tal si conoció a alguien más? ¿Qué tal si me imaginó como un adefesio?* Seguí elucubrando sin darme cuenta del paso del tiempo.

Por la puerta del antro cruzó una rubia despampanante, de una voluptuosidad de sueño erótico, de curvas y caderas generosas. Ropa blanca. Zapatos rojos. La miré de reojo. Pensé que solo era una coincidencia, mi suerte no podría ser tan buena. Me hice el desentendido mirando solo con el rabo del ojo. Sin voltear a verla y con prudencia dejé que se aproximara, necesitaba confirmar que no estaba equivocado. En efecto, era ella, era Flor, parecía actriz de cine.

—¿Conejillo?

—A-A-A S-S-S-Sí F-F-F-Flor, soy yo —respondí tratando de no tartamudear y sostener mi quijada que se había casi dislocado de tanto que la abrí al verla. Las babas se escurrieron por las comisuras de mi boca formando unos hilos espesos que mojaron mi camisa.

—Vámonos a mi departamento, no me gustan los bares.

Me tomó de la mano y yo me dejé llevar. Caminamos un par de cuadras. Nos detuvimos frente a una fila de casas adosadas. Subimos unos escalones, no sé cuántos porque no me importó contarlos. Llegamos frente a su puerta. Entramos. Me llevó directo a su recámara. Cerró la puerta con llave. Se colocó frente a mí, me ordenó que me quitara la ropa y me sentara en la cama. Se soltó el pelo. Lo sacudió moviendo la cabeza de un lado para otro.

Yo estaba preocupado. Nunca había estado con una hembra. No sé si por la novedad o por lo alterado, mi hombría permaneció flácida. Ante tan deprimente situación me vinieron a la mente las enseñanzas de mi abuelo. Tenía la imagen clara de ese hombre de pelo cano, chimuelo, levantando el dedo índice y diciendo: «Mira muchachito, cuando no te funcione el chorizo aprieta la nariz con tus dedos y cierra bien la boca. Sopla lo más fuerte que puedas y así el aire circulará hacia abajo y engordará al cochino». Ante la desesperación puse en práctica el consejo. Me apreté la nariz, cerré la boca y soplé con todas mis fuerzas. Los oídos me tronaron. El dolor me hizo perder la concentración y no pude rellenar al escuálido.

La dama, al ver mis intentos fallidos, continuó con movimientos sensuales. Se sacó la camiseta entallada. Dejó al aire sus redondos y descomunales senos. Se acercó a mí. Tomó mis dedos y los guio hacia sus curvas. Mis manos sudaron copiosamente pero... nada... mi instrumento parecía muerto, colgando, sin vida. Recordé el consejo de uno de mis amigos de la infancia:

«Cuando estés con una mujer y no salude el soldado aprieta fuerte tu panza, esto hará que la sangre fluya hacia el mentecato». El intento bien valía la pena. Con mis brazos cruzados sobre mi barriga apreté lo más fuerte que pude y como no funcionaba me levanté y me dirigí hacia la silla más cercana. Me doblé sobre el respaldo, jalando con los brazos desde el asiento para apretar lo más posible. La cara se me enrojeció y las piernas se me entumecieron pero el aguado ni se inmutó.

Ella lo notó y decidió poner un poco más de picardía a la noche. Me pidió que regresara a la cama. Se desabrochó despacio la maxifalda, haciendo pausas entre un botón y el siguiente. Asomaron sus delgadas y largas piernas mientras la prenda caía al suelo. Se bajó la pantaleta, poco a poco, mostrándome su depilado monte de Venus. Subió una pierna a la cama dejándome descubrir sus secretos. Mi artefacto… ¡inoperable! Me quedé pensando unos segundos a ver si encontraba otro consejito para remediar mi desgracia. Recordé que una vez de niño escuché una plática de adultos, el tío Beto le dijo a su compadre: «Si no se te levanta el muerto, métete el dedo en el culo. Dale masaje y verás que reacciona». Con la agilidad de un ladrón de cajas fuertes, metí el dedo medio de la mano izquierda en mi orificio. Solo la puntita. *Ay dueleeeee….* Paré por un instante, pero decidí seguir. Metí todo el dedo. Proseguí con el masaje, arriba y abajo y en círculos. Aunque después hasta me gustó, esto tampoco me solucionó la aflicción. El zombi siguió de cadáver.

A ella no pareció sorprenderle mi intento. Comenzó a bailar, de frente, de espaldas, retorció su cuerpo, se agachó, se tiró sobre la cama dejándome ver cada uno de sus recovecos. *Estoy perdido,* pensé, ya no recuerdo más consejos y no traigo pastillitas azules. Yo no sabía qué estaba pasando, simplemente el trique estaba arruinado. Ella hizo un intento más. Se acercó a mí y puso al inservible en su mano. Comenzó a apretarlo suavemente y a estirarlo, parecía como si fuera a inflar un globo al que primero tenía que aflojar. *¿Y si me lo arranca de un jalón?,* pensé brevemente con algo de consternación, pero las nubes grises se disiparon. Ella siguió. Entre apretones y jalones, mi chirimbolo comenzó a responder. Se hinchó un poco. Después se movió tratando de enderezarse. Flor, al ver que lograba inquietarlo decidió meterlo entre sus labios. Succionó con fuerza como si fuera a absorberme los sesos. Aspiró tan fuerte que sentí que se me hundían las bolas de los ojos. Por fin, sentí una descarga eléctrica por todo el cuerpo. Ella logró erguir al caído. *¡Qué maravilloso es mi camote!,* pensé admirando mis atributos. Rapidito, para no perder la inercia, la empujé, la volteé de espaldas, la hice que se agachara y la ensarté. Qué sensación tan increíble. Una. Dos. A la tercera embestida, a punto de venirme, mi cuerpo comenzó a... expeler... un olor demasiado particular. No sabía qué estaba pasando, pero el nauseabundo aroma invadió rápidamente la habitación. Flor se separó abruptamente dejando mi surtidor disparando en todas direcciones. Embarré de sustancia pegajosa mis alrededores y con mi peculiar distinción... perfumé la estancia. Por mi piel surgió una mezcla de metano con azufre. Fue tan fuerte la emisión de mi aroma que Flor cayó desmayada por la falta de oxígeno. Cuando ella rodó por el suelo vi un reflejo brillante. Flor traía un puñal en la mano derecha.

Me quería matar, me quería matar. ¡Me iba a matar! No me quedó duda. Con mezcla de pánico y remordimiento salí corriendo con los calzoncillos en mano.

Llegué a mi casa. Llamé a la policía fingiendo la voz e identificándome como Conejillo. Me bañé para quitarme el hedor. Abrí una botella de tequila y me senté frente al televisor para buscar respuestas a lo acontecido. En el noticiario pedían ayuda para identificar al hombre que ayudó a atrapar a la Mantis Sangrienta, la asesina en serie que había matado a más de cincuenta hombres llevándolos a la cama, y quien tenía por lema acabar con todos los seductores de la web. No cabía duda, era ella, Flor, la imagen en la fotografía era inconfundible.

Al día siguiente tocaron a mi puerta. Dos hombres vestidos de negro y con lentes oscuros me sujetaron, me vendaron los ojos, me levantaron en vilo, me subieron a un auto y me llevaron a un lugar apartado en el desierto. Me conectaron a aparatos, cables y mangueras. Me tomaron muestras de todo lo posible, me rasparon la piel y me pincharon por todos lados.

Ahora trabajo para el Gobierno desempeñando funciones como conejillo de indias. Todos los días me llevan desnudo a un jardín exuberante, con clima controlado y rodeado de paredes de cristal. Los científicos me observan y hacen anotaciones, recogen muestras y toman fotografías. Cada día, aparecen en mi jardín mujeres sin ropa, rubias, pelirrojas, morenas, y yo... las desmayo a todas.

LOS ASISTENTES

Amílcar Araujo

Se acercaba el final del año y el grupo de escritores se preparaba para publicar su compendio de trabajos. La fiesta norteamericana de Halloween estaba a unos días y las festividades coincidentes de Todos los Santos y Fieles Difuntos también. La invitación para que el grupo presentara su proyecto en una conferencia de la Universidad de Filadelfia llegó y algunos de los autores, coordinados por Isabel, instructora y mentora del grupo, se disponían a asistir.

Josué, Ramón, Ámbar, Sara y Karla decidieron participar mientras que el resto de los escritores, por razones de trabajo o compromisos preestablecidos, no pudieron unírseles. La camioneta de siete plazas de Ámbar y Ramón era perfecta para el viaje que se inició con bromas y un fuerte optimismo.

El trayecto transcurrió con lluvia torrencial, truenos, tráfico, pero afortunadamente sin incidentes. Dos horas después de lo planeado llegaron al hotel Garden Inn donde se hospedarían y donde la conferencia de Letras Latinoamericanas de la Costa Este se llevaría a cabo en pocas horas. Los escritores fueron a sus habitaciones a refrescarse, a descansar un poco y luego bajaron al *mezzanine* con suficiente tiempo para presentarse con la organizadora, doctora Eva Alicia Randall, directora de la escuela de lenguas de Penn State.

En el área de recepción del auditorio, Jenny Rivas, colaboradora de la doctora Randall, se apuraba en poner en orden los gafetes de los participantes, acomodar las bolsitas para los asistentes con *post-its*, bolígrafos, folletos y otros artículos promocionales de los patrocinadores, y alistar el libro de registro. Sí... un libro porque la computadora destinada para esa función se quemó después de una subida de voltaje que hizo estallar un transformador cercano y obligó a que el hotel operara con su planta de energía auxiliar.

—Hola, soy Jenny y trabajo con la doctora Randall... ¿usted es Isabel García, no?

Jenny, una amable mujer en sus cincuentas, hizo un movimiento brusco tratando de extender la mano para saludar a Isabel, tirando algunas bolsas promocionales que estaba acomodando. Con otro movimiento, trató de evitar que las bolsas se desparramaran y solo logró que sus gruesos espejuelos cayeran también al suelo y se hicieran añicos. Ramón trató de levantarlos para ayudarle, pero los cristales se desintegraron en sus manos.

—Lo siento Jenny, sus anteojos...

—Ohh... —pronunció dolorosamente la asistente al tomar lentamente las armazones ya sin cristales—. Sin ellos estoy perdida.

Y efectivamente, la mujer solo veía siluetas borrosas. Lo más dramático es que no había forma de que pudiera ir a su casa por el par de repuesto porque estaba por iniciarse el registro de los asistentes, no podría manejar sin sus anteojos, y la lluvia torrencial que anegaba calles y puentes estaba en apogeo y provocaba un tráfico terrible.

La tonada del alegro de Primavera de Vivaldi, proveniente del teléfono de la acongojada Jenny, la sacó por un momento de sus lamentos y frustración.

—Académicos... —mencionó Josué bromeando sobre el tono del celular de Jenny.

—Es la doctora Randall... mmm... está en el *freeway* 75... el tráfico está paralizado... que sigamos adelante con el registro de los asistentes... mmm... hará lo posible por llegar...

—Bueno, podemos pasar para checar el auditorio y tomar nuestros lugares mientras llega la gente —dijo Karla haciendo una señal al resto del grupo para que la siguiera. Todos procedieron a entrar al auditorio y tomaron su lugar para probar los micrófonos. Mientras tanto, afuera los truenos y la lluvia daban un toque musical en un tono un tanto lúgubre al evento.

—*There is a big mess out there...* —comentó el operador del sonido al tiempo que daba la señal para que Ámbar, que estaba en un extremo de la mesa en el pequeño escenario, iniciara la prueba de sonido.

El especialista reguló el sonido de cada voz para que se escuchara fuerte y claro. Luego, como corolario del proceso, dijo entre dientes:

—*...not sure if anybody will show up.*

Los panelistas se voltearon a ver, como intuyendo que el evento podría ser un fracaso debido al clima. En eso estaban, cuando distinguieron una silueta que entró al salón y de inmediato Sara comentó:

—¡Ya están llegando! —dijo con emoción, rompiendo la consternación del resto del grupo. En unos momentos ya se distinguían otras siluetas. Los reflectores del escenario impedían ver con claridad a los participantes que empezaban a llenar las filas de asientos ante el entusiasmo del grupo de escritores. Considerando la ausencia de la doctora Randall y el pánico de Jenny, Isabel decidió dar comienzo.

—Muy buenas noches y gracias por asistir... —fueron las palabras de apertura.

El evento se inició y continuó con la descripción del libro y las anécdotas asociadas de cada uno de los escritores. Transcurrieron las dos horas planeadas para esa sesión y los siguientes conferencistas estaban por llegar.

—¿Alguna pregunta? —Isabel cuestionó. El silencio fue absoluto.

—Estaremos en el *lobby* del auditorio por si alguien quiere que le autografiemos su copia del libro o platicar con alguno de los autores —luego de esta aseveración, los conferencistas se pusieron de pie y salieron por la puerta lateral mientras se escuchaban los aplausos. Un sentimiento de satisfacción se reflejaba en las sonrisas de los miembros del grupo de camino al *mezzani-*

ne.

—Escuché los aplausos... felicidades.

Jenny trabajó duro para registrar a los asistentes y su actitud cambió de una profunda depresión por el accidente de sus lentes a un alegre estado de ánimo.

—Disculpen mi retraso, el tráfico era... —la doctora Randall llegó con prisa y sintiéndose apenada por las circunstancias—. Lamento que se haya cancelado el evento y hayan perdido su tiempo.

El grupo, que incluía a Jenny, intercambió miradas de desconcierto.

—¿Perdido... nuestro... tiempo? —repitió pausadamente Josué.

—No entiendo —dijo Ramón—, ¡si, el auditorio está lleno!

—Sí doctora, todo mundo vino, entregué todos los gafetes y repartí todas las bolsitas promocionales —agregó Jenny.

—De hecho, los participantes están en espera de la siguiente conferencia —añadió Ámbar con entusiasmo.

—Esperen... esperen, yo misma estuve contestando al menos cincuenta llamadas desde mi celular en las dos últimas horas. Todas fueron cancelaciones. Algunos no pudieron llegar, otros ni siquiera lo intentaron, la tormenta bloqueó los caminos.

Randall pensó que esa situación no tenía sentido.

—Pase doctora, véalo con sus propios ojos —Jenny hizo un ademán invitando a la doctora a entrar al auditorio.

Randall se dirigió a la puerta principal que permanecía cerrada, el resto del grupo la siguió y todos quedaron paralizados ante lo que vieron... el auditorio estaba vacío y se sentía un frío muy extraño, más allá de lo que el clima artificial podía ofrecer.

—Jenny, ¿cómo eran las personas que registraste?

—No lo sé, rompí mis anteojos y sin ellos solo veo siluetas, no pude identificar a nadie y solo me guie por las voces.

—Bueno, pero ustedes dentro del auditorio... ¿pudieron distinguir caras? Se las puedo mostrar en el Facebook de mi celular —dijo Randall mientras nerviosamente sacaba de su bolso su móvil y comenzaba a teclear.

—Disculpe doctora pero los reflectores sobre nosotros nos impidieron ver a la gente con detalle. Entre las sombras, solo distinguimos cuerpos que se sentaban y que en silencio estaban presentes... —dijo Ámbar tratando de recordar las imágenes de hacía unos minutos.

Hubo un instante de silencio denso.

—Jenny, pásame el libro de registro —ordenó Randall.

—Claro doctora.

La pobre mujer a tientas se acercó a la mesa y palpando su superficie, identificó lo que parecía ser el libro con las firmas de los asistentes.

—Aquí lo tiene.

La anfitriona abrió el libro y revisó las primeras páginas.

—No identifico a nadie y la caligrafía es... es... extraña... como de otro tiempo.

—¿Le molesta si veo el libro? —intervino Isabel, echando un vistazo—. Así escribía mi bisabuela —dijo sorprendida—. Es la caligrafía que se enseñaba a principios del siglo pasado o probablemente antes.

—Sí, yo no conozco a alguien con buena letra hoy en día —comentó Josué.

Randall, ensimismada, cerró el libro y caminó hacia las escaleras para bajar a la recepción del hotel. El grupo la siguió.

—Johnny —llamó la doctora a uno de los jóvenes en la recepción.

—Doctora Randall, ¿en qué puedo servirla?

—¿Puedes revisar estos nombres contra la lista de gente registrada en el hotel?

Abrió el libro de firmas en cualquier página y lo puso ante los ojos del empleado quien empezó a teclear en su terminal de computadora.

—No, ninguna de estas personas aparece como huésped.

—¿Ha llegado alguien a preguntar sobre nuestra conferencia? —Randall insistió.

Johnny preguntó a otros dos empleados que diligentemente registraban a nuevos huéspedes y todos negaron que alguien hubiera preguntado por el evento.

—Permítame un instante doctora —Johnny marcó el número de la operadora y tuvo una conversación de unos segundos—. Doctora, la operadora recibió algunas llamadas de cancelación y los mensajes lamentablemente se perdieron por la falla eléctrica... lo siento.

—Debe haber una explicación sobre lo que sucedió, no puede ser que un auditorio lleno de gente se esfume en la nada.

—Doctora... ¿qué pasó? —intervino Johnny dejando su posición risueña y asumiendo una seriedad intrigante.

Sara narró brevemente los sucesos al empleado del hotel.

—Por favor, disculpen mi intromisión. Mi padre me contó algo similar. Él trabajó en este hotel hace unos cuarenta años—. Vengan conmigo.

El joven les pidió que lo siguieran por la puerta de la oficina que conducía a un pasillo de paredes de ladrillo.

—Esto es parte del edificio original del Hotel Regal, antes de que fuera comprado y remodelado por la cadena Hilton –explicó el joven mientras abría una vieja puerta e iniciaba el descenso por una escalera que rechinaba a cada paso.

—Tengan cuidado, la humedad ha hecho resbaladizo este pasaje al sótano.

El grupo lo seguía atento y en silencio.

—Aquí es, por favor pasen.

Johnny abrió una puerta que dejó escapar un quejido por sus oxidadas bisagras. Algunos miembros del grupo no pudieron evitar sentir un escalofrío. Prendió una luz pálida y ante los ojos de todos se reveló un inmenso salón lleno de cajas viejas. El archivo del hotel guardaba documentos quizá desde la inauguración del Regal, en los años cuarenta del siglo pasado. Las cajas, manchadas de humedad con papeles amarillentos que se asomaban, el polvo y las paredes con moho hacían estornudar con frecuencia a Karla y a Ámbar por sus alergias. Los focos parpadeaban y se escuchaba que la tormenta seguía.

—Aquí debe estar —dijo el joven guía que checaba los meses y años de las cajas de archivos—. Mi padre nunca olvidó esta fecha.

Los escritores se preguntaban a qué se refería Johnny mientras jalaba una caja que se desintegró al cargarla. Varios libros, de esos que llevaban los hoteles de antaño para registrar huéspedes, cayeron. El grupo se aprestó a levantar los antiguos documentos regados por el suelo.

—Johnny, ¿que buscamos aquí? —preguntó Karla. Pero el joven estaba muy ensimismado en su búsqueda del tomo correcto.

—¡Aquí está! Registro de eventos de octubre de 1970, el nombre de mi padre aparece en la primera página como encargado del registro de eventos, Michael Saminsky.

—Perdona, pero aun no entiendo qué es lo que buscas —repitió Karla impaciente, pero el joven siguió pasando las hojas hasta encontrar lo que quería:

«Reunión de escritores de Pensilvania, auspiciada por la Universidad de Penn State».

Al abrir el enorme libro en la primera página del registro del evento, se reveló la información.

—Johnny, lee algunos nombres. Isabel, revisa el registro de hoy —ordenó la doctora Randall.

—William O'Brian —gritó Johnny.

—O'Brian, O'Brian… ¡Aquí está! —gritó Isabel también emocionada.

—Annette Swarkov —leyó Johnny.

—Swaaaaarkov… ¡Sí, aquí está! —confirmó Isabel.

—Préstenme los libros para comparar la caligrafía de los nombres.

Randall colocó sobre una mesa polvorienta ambos libros y para asombro de todos exclamó:

—¡La caligrafía es la misma! —se miraron unos a otros tratando de asimilar lo que estaba ocurriendo.

—¿Eso quiere decir que tuvimos los mismos asistentes que el evento de hace cuarenta años? —preguntó Josué que de costumbre hablaba demasiado pero esta vez siguió en silencio el proceso.

—Tengo una extraña corazonada —Ámbar dijo en un tono ausente, como si su mente estuviera en otro lugar.

Se dirigió a la salida y el resto del grupo la siguió. Randall tomó los dos libros y salió de aquel salón de archivo. Subieron por la ruidosa escalera.

Ya en el *lobby* del hotel, Ámbar se paró frente al ventanal que daba a la calle.

—Johnny, tenemos que ir hacia allá —indicó señalando hacia afuera.

—Pe-pero, no hay nada por allá —el joven empleado se veía desconcertado.

—La lluvia ha disminuido… síganme.

Con un ademán, Ámbar indicó al grupo que saliera del hotel. Johnny tomó rápidamente unas linternas del escritorio de recepción y salió detrás de ellos. Estaba oscureciendo y la lluvia torrencial se había convertido en una suave llovizna. Ramón dio alcance a su esposa que caminaba a la cabeza del grupo y preguntó:

—Esta es otra de tus señales paranormales, ¿verdad?

Él conocía a su mujer demasiado bien y sabía que era sensible a cuestiones esotéricas.

—No lo sé... pero hay algo que me dice que debo ir hacia allá.

Todos la siguieron caminando entre charcos y lodo hacia una zona un tanto descuidada de la ciudad. Por fin Ámbar se detuvo frente a una deteriorada reja de hierro.

—No nos espantes mujer, esto es un cementerio —dijo con cierto temor Sara.

—Sí, es el antiguo cementerio de Saint Joseph, una reliquia histórica de la ciudad —agregó Randall.

—Tenemos que entrar, tenemos que entrar... —repitió la guía en un tono casi mecánico.

Era como si estuviera en trance. Josué empujó la pesada reja de entrada y el grupo procedió lentamente. Johnny aprovechó el momento y repartió dos linternas adicionales que traía. Y así se dividieron en tres grupos caminando sin saber qué buscaban. La atención de todos fue atraída cuando Randall gritó:

—¡Esperen! Este nombre...

Se detuvieron frente a un mausoleo, y los otros dos grupos se les unieron. Le pasó el libro de registro de su evento a Karla y Randall abrió el viejo tomo de hace cuarenta años.

—Busca a Peter W. Barllow —ordenó a Karla.

—¡Aquí lo tengo!

El índice de Randall apuntaba a un nombre en el libro mientras Karla le pedía a Ramón que le diera un poco de luz con su linterna. Sus ojos iniciaron el recorrido por el registro de hacía unas horas.

—¡Madre de Dios! —exclamó Karla—, aquí está, yo también lo tengo.

—¿Oigan, no mencionaron a un tal William O'Brian? —gritó

Josué al grupo desde unos metros de distancia—. ¡Aquí está, en esta tumba!

El grupo continuó comparando los nombres al azar de las lápidas y criptas con las listas de ambos libros, y todos coincidían.

En el centro del cementerio había un mausoleo de dimensiones impresionantes. El grupo llegó hasta él y leyó la inscripción: *«Margaret De León, protectora de las artes de dos culturas 1720 – 1782»*.

—¿Qué es eso? —Ámbar, caminó hacia la pesada puerta de madera y hierro que resguardaba los restos de quien fuera un personaje importante y que también aparecía en las dos listas.

En esa puerta vio una nota pegada, escrita con la misma caligrafía que aparecía en los libros. La desprendió y leyó lo que decía:

«Gracias escritores por una tarde inolvidable. Mis amigos y yo la hemos disfrutado enormemente – MDL».

A TREINTA Y TRES CENTÍMETROS DEL ABISMO

Ani Palacios

Yahaira Solís leyó el título del artículo y se rió. «¿Treinta y tres centímetros? ¿Cuánto es treinta y tres centímetros?», dijo buscando una regla en el cajón de su escritorio. Tomó el aparato y deslizó la mirada con curiosidad felina por encima de todas las marcas rojas, las pupilas creciendo en sus ojos verdes avellanados. Sentía el rubor subiéndole por las mejillas y aquella palpitación tan conocida entre sus piernas. «Diez...quince...veinte... treinta», contó y abrió la boca cuando la regla se le acabó sin llegar al treinta y tres. «¡Mi madre!», exclamó mirando el último tamaño. «¿Y a qué mujer le entra eso?», murmuró colocando el utensilio de medición sobre su falda.

Se disponía a realizar otras indagaciones acerca de aquel número mágico cuando su asistente, Karina, la interrumpió con un mensaje marcado "urgente". Regresó su mirada a la computadora. Se trataba de un texto corto, acompañado de un video, enviado a su cuenta secreta. No había escuchado de Karina en días. Apretó un botón en el remoto para cerrar con picaporte electrónico la puerta metálica de su despacho y con el mismo aparato apagó las cámaras con las que grababa a sus clientes, y con frecuencia también a sus jefes. Cuando se sintió absolutamente segura, fijó su vista en el correo de Karina. «Lo encontré», decía el simple mensaje. Yahaira se llevó el pulgar a la boca, pasó su lengua por encima de la uña esmaltada de rojo, como hacía siempre que se sentía nerviosa frente a lo inevitable, se acomodó en el asiento y le dio clic al video. Era la voz de Karina, la cámara parecía estar debajo de una mesa, sostenida entre sus muslos, camuflada por una falda invernal y un abrigo de piel. Lo único que Yahaira podía ver era el pantalón gris oscuro del hombre con el que su asistente departía. *¿Sería realmente él?*, se preguntó la investigadora mientras trataba de hacerse una idea del lugar en donde estaría Karina. Por la manera de hablar, tan foránea para ella, concluyó que se trataría de alguno de los países nórdicos. *Bastante fuera de lo que pensamos*, se dijo. Solamente pudo sacar en claro las pocas palabras que su asistente intercaló en español dentro de la conversación: «tren», «cruz», «cisnes». Ella sabía que eran claves, ¿pero, de qué? El final abrupto del video mostraba el rostro de Karina, tal vez en un baño de restaurante, y ella tratando de decir algo que a Yahaira le sonó como «hells aquí».

Aquel sujeto había sido una espina, una mancha negra, en su impecable catálogo de casos cerrados. De vez en cuando, generalmente luego de una noche entre tequilas y sábanas de raso, se decía a sí misma que ya era hora de dejarlo ir, que acaso aquella deuda nunca sería saldada, que su nivel de competencia era intachable cuando se trataba de otros pero un reverendo caos de emociones insubordinadas al tratarse de lo que el padre de aquel hombre le hizo a su familia. Muerto el viejo Alcides Jiménez, el único que quedaba para confrontarla era su hijo, Enzo.

Ya una década había pasado desde que el patriarca dejara los Estados Unidos para recluirse en las islas de la Indonesia, saltando de un lugar a otro sin que Yahaira pudiese alcanzarlo. Para cuando por fin lo localizó, el hombre que le robó todo a su madre había fallecido. No fue hasta unos años después que descubrió a Enzo, el único heredero de aquella bazofia de persona. Se había cambiado el apellido y vivía en Europa, pero a través de indagaciones estaba segura de que se trataba de él. Y esta vez estaba más cerca que nunca.

Se levantó de su asiento y buscó un vaso en el barcito que mantenía en su oficina. Se sirvió tres dedos con su bebida favorita, tequila azul reposado, y se lo tomó seco y volteado. Hizo un gesto al pasar el alcohol y se sirvió otra vez. *Te voy a encontrar, Enzo. Verás que esta vez no te puedes esconder de mí, hijo de puta, condenado cabrón,* dijo degustando el trago.

Con un tercer trago en mano regresó a su escritorio. Se disponía a entrecruzar las palabras en el mensaje críptico de Karina para intentar resolver la interrogante de aquella localidad lejana cuando timbró su móvil. Era ella. Suspiró aliviada al ver su cara en la pantalla.

—¿Dónde carajos estás? ¿Qué tipo de mensaje ridículo es aquel que me dejaste? —bromeó.

—Helsinki.

—Hells aquí, hells aquí… ¿Helsinki?

—*Kyllä*. Sí.

Karina y Yahaira rieron por un momento. La tensión de meses de intensa actividad las abandonó por unos segundos. Luego el rostro de Yahaira se tornó serio.

—¿Con él conversabas el otro día?

—No. Es un contacto de negocios. He puesto a uno de nuestros finlandeses de confianza en el caso. Le ha seguido la pista estas últimas horas.

—¿Y el contacto, no sospecha de ti?

Karina negó.

—Me di un "encontronazo" con él en un café. Al verme desvalida y manchada con café derramado, se ofreció a comprarme otra taza y conversamos un rato.

Yahaira se rió.

—¿No te cansas de usar ese truco?

—¿Con mi cara y mi cuerpo? Para qué, si siempre funciona.

—Bueno, sí, para qué cambiar lo que da resultados —dijo Yahaira cayendo en cuenta de que ella también tenía sus maneras predilectas de conseguir información—. Cambiando de tema, tomo un vuelo esta misma noche. No le pierdas la pista a este hombre. Es lo único que tenemos.

—No te preocupes. Estamos cerca.

****

Horas más tarde, Yahaira despertaba al otro lado del mundo. Karina la esperaba dentro de una limusina en el aeropuerto.

—¿Cómo sabes que esta persona nos llevará hasta Enzo Jiménez? —fue lo primero que Yahaira le dijo a su asistente apenas asomó su cabeza por la puerta del automóvil.

—Buenos días a ti también —contestó Karina, ofreciéndole una taza de café—. Mientras tú estabas sentada en un asiento en primera, yo me rajaba trabajando. Mira por ti misma —le colocó el archivo sobre la falda.

Yahaira tocó la carpeta. Cerró los ojos. Recordó los últimos años de su madre muriendo en indigencia, confesándole con amargura la manera en que Alcides Jiménez la timó de su fortuna, vendiéndole falsas promesas, engatusándola con sus proezas amatorias, revelándole inversiones inverosímiles en países exóticos. Y ella, una viuda joven, una mujer rica, multimillonaria pero poco práctica, aferrada a la idea del macho que sabe más, le dio primero un poco; y cuando él regresó con montañas de dinero, ella le dio más. Y cuando aquello le dio un rendimiento sorprendente, ella le entregó todo. La podía ver: echada en su cama en el hospital para menesterosos, las lágrimas tan gruesas que se detenían en sus mejillas surcadas por miles de rayas, sufriendo con dolores que solamente se podían calmar con dosis fuertes de morfina, y entre sus quejidos el nombre de quien un día no regresó con más dinero y la dejó en la bancarrota.

Sintió a Karina cambiándose de asiento para acercarse. Abrió los ojos.

—Pensé que te quedaste dormida. Tus ojos están rojos.

—Recordaba a mamá —contestó y abrió el archivo. La foto del hombre que habían perseguido de continente en continente por fin se reveló. Era un hombre apuesto, varonil, un poco más joven de lo que ella esperaba. Leyó en silencio todas las páginas compiladas. Frente a ella se iba formando la realidad de la presa que anhelaba cazar—. "Inversionista", como el padre... faltaba menos. ¿Lo veré hoy?

—Su empresa es legal.

—Formada con el dinero de mi madre, dinero robado.

—¿Estás segura de que quieres hacer esto? —preguntó Karina.

Yahaira la abrazó.

—¿He llegado hasta "hells aquí" y quieres que me eche para atrás? ¡De ninguna manera! Si no tomo esta ruta, es posible que no tenga una segunda oportunidad.

Karina le presentó un boleto y una caja de color dorado.

—Tu invitación a una función privada de los inversionistas y un vestido.

Yahaira abrió la caja.

—Perfecto —dijo sonriendo.

✳✳✳✳

Esa noche, cuando Yahaira ingresó al *penthouse* de Enzo Jiménez, todas las miradas se clavaron en ella. El vestido, con un corte en V profundo en el anverso, y la espalda desnuda hasta el quiebre de su fabuloso trasero, se amoldaba ceñidamente a sus curvas y a sus circunferencias; y el color azul pizarra del traje le otorgaba una distinción y una elegancia difícil de eludir. Llevaba el cabello largo y oscuro suelto, estaba maquillada en tonos naturales y solamente traía puestas unas pocas joyas. Su contacto se adelantó a saludarla.

—Mi nombre es Jens Lanu. Tengo todo preparado —le dijo mientras la tomaba del brazo con galantería.

Yahaira sonrió delicadamente mientras esculcaba el salón con su mirada y realizaba anotaciones mentales acerca de lo que iba viendo. Cerca de la puerta que daba hacia un balcón divisó a Enzo Jiménez. Hubiese querido fulminarlo con sus grandes ojos verdes, lanzarle llamaradas que lo consumiesen en un dolor agonizante, como el que ella sufrió viendo a su madre desintegrarse, convirtiéndose en un despojo humano en esa cama maloliente, en ese hospital en donde la enviaron a morir.

—Jens, me presentarás al señor Jiménez y luego de las cortesías propias y las alabanzas mutuas buscarás la manera de dejarme a solas con él —dijo Yahaira mirando fijamente a Enzo, quien desde lejos le respondió con una sonrisa generosa y adelantó unos cuantos pasos para salirle al encuentro.

—*Kyllä* —respondió el finlandés ofreciéndole una copa de champaña.

Enzo se acercó.

—Jens Lanu: siempre con una mujer bella del brazo. Y esta vez, alguien que no conozco —dijo Enzo repasando los detalles contorneados de Yahaira con la mirada—. ¿Tiene un nombre?

Yahaira le ofreció el revés de su mano.

—Ya-hai-ra —susurró sensualmente.

Enzo se tomó su tiempo para besar con calidez la mano de Yahaira. Ella sintió aquel conocido cosquilleo en su cuerpo y luchó por disimularlo.

—Un nombre tan bello como su hermosa dueña.

Ella se pasó la mano por el cabello y continuó hacia sus curvas. Cuando estaba nerviosa le gustaba sentirse. Saberse presente a través de su físico la devolvía a la realidad, a su plan.

Enzo se acercó. Casi la tocaba desde donde estaba. Podía sentir su respiración entrecortada, los vellos de sus brazos erizándose, su voluptuosidad anhelante. Se tuvo que repetir mentalmente: *Es el hijo de Alcides Jiménez, es el hijo de Alcides Jiménez, es el puto hijo de Alcides Jiménez.*

—¿Bailamos? —le preguntó, y sin dejarle responder, la tomó de la mano, la llevó hacia la íntima pista de baile.

La orquesta tocaba música de salón. Enzo se colocó frente a ella. Lentamente, y sin soltar la mirada, bajó sus manos hasta las suyas y entrelazó sus dedos, luego envolvió su cintura con las manos enlazadas y acarició su cuello con el otro par. Yahaira cerró los ojos, vio a su madre muriendo, buscó el odio en su pecho e inició el vals.

****

—¿Estás satisfecha? —pregunto él saliendo de la ducha. Yahaira lo observó mientras se secaba con la toalla y dejándola sobre el lavatorio regresaba a la habitación completamente desnudo.

—Todavía no —contestó Yahaira.

—¿A pesar de haber comprobado que el mito de los 33 centímetros no es un mito? —bromeó.

Yahaira lo miró. Aquel juguete gigantesco con el que había pasado la noche empezaba a erigirse frente a ella. De seguro no era un 33 pero se sentía como si lo fuera.

—A pesar de todo…

Enzo se subió el *slip* con lentitud. Yahaira estaba acostumbrada a aquella danza pero no pudo evitar que el apetito se le despertara nuevamente mientras seguía sus movimientos sin perderse un detalle. Él le devolvió la mirada con una sonrisa; luego, escogió una camisa.

—Qué buenos músculos, ¿no? —dijo Enzo pasando su mano de hombre por encima de sus pectorales.

—Sí… —contestó Yahaira recordando la noche anterior. Sabía que si no lo odiara tanto, repetiría con él una y otra vez.

—Bueno, tenemos algo en común… —dijo comenzando a abotonarse la camisa mientras la seducía con la mirada.

—¿Los músculos? —preguntó Yahaira un poco confundida.

—Mi padre —contestó Enzo.

—¿Tu padre? —respondió Yahaira sintiendo que estaba por revelarse su secreto.

—¿Acaso no sabes que mi padre no se robó todo lo que tenía tu madre, sino que más bien dejó algo con ella? —preguntó Enzo mientras terminaba de acomodarse los gemelos de oro en su camisa.

Yahaira se sentó sobre la cama, se acomodó la sábana de color carmesí sobre su cuerpo desnudo, lo miró inquieta. Se supo descubierta.

—¿Qué? ¿Qué fue lo que dejó esa bestia? —sollozó.

Enzo se miró al espejo y sonrió. Volteó. Se acercó a ella y apoyándose en la cama, le susurró al oído:

—A ti.

¡SALUD!

Patricia Gabela

—Salud, chicas. Por el gusto de reunirnos para nuestra fiesta de fin de año y el tan esperado intercambio de regalos —dijo Pánfila con un brillo de picardía en la mirada, levantando su margarita para brindar con sus íntimas amigas.

—¡Salud! —repitieron a coro Torcuata, Primitiva y Clotilde.

—Este restaurante es muy agradable, además a un paso del centro comercial de Easton. En cuanto terminemos aquí quiero ir de compras, todavía me faltan los regalos para Clodomiro y aquí hay muchísimas tiendas, además, ahora que ya oscureció, la iluminación navideña me parece fantástica, vale la pena salir para verla y tomar algunas fotografías —dijo con entusiasmo Clotilde, decidida a ir de compras en cuanto se acabara el evento.

Estaban las cuatro sentadas en una mesa alta, disfrutando de sus bebidas y con los regalos que intercambiarían apilados en una esquina, contando historias y haciendo planes para el año venidero cuando Torcuata, sin avisarles, y con una sonrisita característica, tomó algunas fotografías del grupo.

—Nos hubieras avisado para al menos peinarnos —exclamó Clotilde mientras trataba de acomodarse la melena para salir mejor en las fotos—. ¡Una *selfie!* Arrímate para que salgas tú también.

—No las vayas a subir a las redes sociales —dijo Primitiva.

Las cuatro inseparables se reían y estaban inmersas en sus bromas cuando se percataron de algo que sucedía a su alrededor.

—¿Escucharon eso? —preguntó Torcuata.

—No hagamos caso —respondió Primitiva—. Mejor digamos ¡salud!

Las cuatro levantaban sus copas, entre risas y carcajadas, cuando Torcuata insistió en que se advertía un ruido extraño. Ante la insistencia, voltearon a ver por la ventana. Estaba oscuro, pero las luces rojas, verdes y blancas alumbraban lo suficiente para ver a varias personas correr hacia el norte del centro comercial. Les extrañó un poco pero no prestaron mucha atención y regresaron a su charla.

—¿Sintieron? Ahí está ese ruido nuevamente —dijo Torcuata.

Las cuatro voltearon hacia la ventana y vieron con asombro que ahora era un gentío el que corría, dirigiéndose cual masa homogénea hacia el norte, siempre hacia el norte, nadie corría en otra dirección.

—¿Qué será lo que pasa? —preguntó Pánfila—. ¿No les parece extraño que todas esas personas vayan hacia el mismo lugar?

—Ha de ser la gente que corre a comprar el nuevo teléfono de colores que acaba de salir —respondió Primitiva, con una sonrisa burlona.

Estaban en su disertación de la causa de la muchedumbre en desbandada cuando se dieron cuenta que también los clientes del restaurante salían corriendo despavoridos, dejando atrás su comida, la cuenta sin pagar, sus abrigos y hasta sus celulares. Se amontonaban en la puerta y se empujaban para poder salir y unirse a la masa de gente que crecía cada minuto y que seguía corriendo en la misma dirección. A las cuatro se les hizo extraño.

—Ahora son gritos los que se oyen —exclamó Clotilde con un tono de asombro y levantando la voz para que la pudieran escuchar.

—Los empleados abandonan el local también —gritó Torcuata con un gesto de desconcierto, mientras su celular le anunciaba que tenía una llamada entrante.

«¡Salgan, rápido, abandonen el local, es de vida o muerte, salgan, no se queden aquí, salgan, salgan!», les gritaba la mesera que las atendió minutos antes en el restaurante, haciendo señas desesperadas para que se dirigieran hacia la puerta mientras ella se apresuraba a salir.

Torcuata contestó su celular y su expresión cambió de una dulce sonrisa a un rictus de temor. Colgó. Sin soltar su móvil se levantó y le dijo a las tres compañeras que le acababan de informar que tenían que alejarse de ese centro comercial inmediatamente, al parecer sus vidas corrían peligro.

Sin pronunciar una palabra más las cuatro se miraron a los ojos. Torcuata fue la primera en levantarse, solo tuvo tiempo de tomar su teléfono, las demás no se detuvieron a recoger sus pertenencias, dejaron ahí bolsas, regalos y sacos. La adrenalina comenzaba a circular por sus venas y la curiosidad mezclada con un poco de temor las hizo salir de prisa del local uniéndose a la masa de cabezas, brazos y piernas que fluía como un río alebrestado por las torrenciales lluvias.

Comenzaron a correr juntas, se tomaron de la mano para no perderse entre la multitud. Torcuata le estiró la mano derecha a Primitiva quien la tomó con su izquierda colocándose atrás, y de la misma forma ella le tendió la mano a Clotilde y ella a su vez a Pánfila. Mientras Torcuata las guiaba hacia donde creía que estarían a salvo, trataba desesperadamente de establecer comunicación con su esposo. Quería más detalles de lo que estaba pasando, necesitaba saber si también su familia estaba en peligro. Hacía intentos desesperados de marcar con la mano izquierda cuando un hombre se le abalanzó encima tirándole el teléfono de los dedos. El aparato rebotó en los cuerpos de la multitud. Torcuata lo persiguió con la mirada en su travesía hacia el suelo mientras lo escuchaba timbrar. En cuanto hizo contacto con el piso se rompió en mil pedazos. El impacto destruyó sus esperanzas.

La gente seguía saliendo de las tiendas, restaurantes y bares, vociferando, y se unía al tumulto. Las cuatro mujeres comenzaron a temblar. Sintieron cómo se apoderaba de ellas el pánico colectivo. La piel se les erizó. Las manos les sudaban. La boca se les secó. Sus rostros pasaron de una expresión de asombro a una de absoluto terror. Voltearon hacia atrás y vieron que las luces se estaban apagando a la distancia. Ahora había oscuridad donde antes hubo árboles iluminados con focos decembrinos, e inexistencia donde antes hubo edificios. Sin parar de correr y sin soltarse quedaron en el centro del amontonadero ya que a cada segundo se unía gente en los extremos. Sentían que se asfixiaban, apretaban con fuerza sus dedos entrelazados para no perderse y tratar de salir de ese oleaje juntas. Los pisotones, los pellizcos, los codazos y los jalones de pelo no las detenían. El dolor parecía no existir en sus cuerpos. Estaban transpirando, tenían las ropas empapadas de sudor, los rostros rojizos y jadeaban como nunca.

Después de unos instantes voltearon hacia atrás y vieron la penumbra aproximándose. Las personas que antes se veían al final del grupo habían desaparecido, no tenían tiempo para pensar, debían seguir corriendo a la par de la estampida humana.

—No se detengan, no volteen hacia atrás, solamente corran, corran a toda velocidad, tenemos que salir vivas de esta —rugió Torcuata con firmeza.

Entre el barullo del río de cuerpos se escuchaban voces pidiendo auxilio, implorando a Dios, rezando, suplicando y hasta maldiciendo a voz en cuello.

—Chicas, esperen, ya no puedo más —se escucharon los gritos de Pánfila con tono agitado.

En su cara se reflejaba claramente el cansancio, el sudor le humedecía la frente y sus ojos estaban desencajados por la fatiga.

—No dejes de correr, tenemos que salir de aquí —le respondió Clotilde, subiendo la voz con tono impositivo y sin soltarle la mano.

—Mis piernas son cortas, he dado muchos más pasos que ustedes, ya no me dan para más —dijo en tono de reclamación.

—No te detengas le gritó Clotilde —esto parece algo grave.

Primitiva y Torcuata no se percataron de la conversación y siguieron corriendo.

Transcurrieron otros instantes y la lobreguez atrás del gentío se aproximaba cada vez más. Los focos de los árboles se apagaban, el alumbrado de los restaurantes y tiendas desaparecía también, lo negro parecía engullir todo a su paso. Vieron con angustia que había menos personas corriendo atrás de ellas, todas seguían esfumándose junto con la luz.

—Ya no puedo más, ya no puedo más —dijo Pánfila resoplando.

—No me sueltes, aguanta un poco —respondió Clotilde haciendo un esfuerzo por no perderla. Apretó con fuerza la mano de Pánfila tratando de afianzarla, le encajó las uñas, para tener mayor agarre. Todo fue inútil, los pedazos de piel se quedaron en las uñas de Clotilde, y Pánfila desapareció de su vista.

—¡Esperen, esperen, perdimos a Pánfila, esperen! —gritaba con desesperación Clotilde tratando de jalar a Primitiva para que se detuvieran.

Primitiva a su vez le gritó a Torcuata para enterarla de lo que estaba sucediendo. Intentaron tornarse para ir en el sentido opuesto, pero la aglomeración las levantó en vilo y las llevó con la corriente sin que ellas pudieran poner los pies en el suelo.

—¡Pánfila! ¡Pánfila! —gritaron las tres con angustia, con voces entrecortadas y lágrimas en los ojos para ver si ella respondía y al menos tener la certeza de que venía siguiéndolas, pero no obtuvieron respuesta, cada vez que volteaban hacia atrás notaban menos gente, menos luces y más oscuridad pero no veían a su amiga. Comenzaron a sentir un temor infinito. No sabían qué estaba pasando, pero estaban seguras que tenían que huir de ese lugar.

Caminaban con dificultad tropezándose a cada paso que daban.

—¡Estoy pisando cadáveres! —gritó Primitiva mientras sus pies se posaban sobre una masa de músculos tirada en el suelo—, hay una montaña de cuerpos.

—¿Por qué gritan desesperadamente? Se están haciendo remolinos de extremidades. ¿Hacia dónde vamos? —preguntó Torcuata con una clara desorientación en sus facciones.

—Tratemos de salirnos del tumulto —respondió Primitiva—. Caminemos hacia la derecha, si empujamos juntas, quizás con la fuerza de las tres logremos hacer espacio para salir.

—Es difícil, la gente sigue empujando hacia la misma dirección y los que se unen al grupo presionan hacia el centro, nadie va hacia afuera, ni en sentido opuesto, no puedo pasar, me siguen arrastrando sin que pueda evitarlo —respondió Torcuata haciendo un esfuerzo sobrehumano por cambiar de dirección.

Las tres tenían la esperanza de ver a Pánfila en algún momento, pero también tenían la necesidad de salir de ese hervidero de miembros, pellejos, cabellos y sudor que las aprisionaba cada vez más.

Los gritos de la horda crecían, eran ensordecedores, ya no se percibían palabras solamente sino quejidos, aullidos agudísimos, estertores y lamentos. Algunas personas caían al piso, sin sentido, asfixiadas, pisoteadas, otras eran apachurradas por el enjambre de huesos, piel y secreciones que se arremolinaba.

A pesar de que sus pies estaban sangrando, Torcuata intentó patear los bultos que encontró a su paso. En el intento se fracturó un tobillo y gritó con un dolor que la dobló de momento, pero en un instante retomó fuerzas y decidió no flaquear. Aunque fuera con un pie tenía que salir de ahí y guiar a sus dos amigas hacia lugar seguro.

Las tinieblas venían de sur a norte acercándose peligrosamente. Con los rostros en un gesto de agonía se fijaron a sus espaldas, solo para confirmar que no había escapatoria, la negrura estaba alcanzándolas. Poco a poco las luces desaparecían, una, otra, otra más. También los edificios, los árboles, los letreros, los autos. Todo lo que alguna vez existió parecía borrarse, se veía como una pintura macabra. Los espacios quedaban huecos, se percibía un vacío absoluto y un frío sepulcral.

La inmensa sombra estaba consumiendo todo a su paso. Los individuos, a las espaldas de las tres mujeres, comenzaban a desaparecer poco a poco. Las voces disminuían en intensidad. Los ruidos se ausentaban. La tenebrosidad las estaba apresando. Se abrazaron pensando que ese sería su final. Entre Primitiva y Clotilde cargaron a Torcuata tratando de salvarla del pastoso fluido azabache que se aproximaba serpenteando al nivel del suelo. La pegajosidad rodeó los pies de las dos mujeres, los cubrió. Un dolor intenso las hizo gritar al sentir que la materia viscosa las carcomía, pero no soltaron a su amiga. La querían viva, la querían a salvo, tenían que aguantar y esperar un milagro. Con horror vieron como sus pies desaparecían y sus piernas se iban deshaciendo poco a poco consumidas por la bruma ennegrecida que se desprendía de la espesa masa pegajosa. Sus cuerpos se fueron extinguiendo hasta que perdieron el sentido. Dejaron caer a Torcuata, quien ya había empezado a sufrir el intenso dolor que ocasionaba la desintegración; y, finalmente, las tres, formaron parte de la oscuridad.

A unas millas hacia el norte, cerca de un centro comercial, un puñado de personas corría y emitía alaridos de terror mientras en el interior de un bar, Clodomiro, el marido de Clotilde y Doroteo, el marido de Pánfila, decían ¡Salud!

Almirante de la mar océano... o algo así

Amílcar Araujo

Tres solitarios navíos se bambolean en medio del vasto océano hacia un futuro incierto. El viento, y las oraciones de un puñado de hombres sucios, desesperados y hambrientos, empujan las velas que lanzan a las naves hacia su destino. Rodrigo de Triana, joven grumete, grita desde lo más alto del mástil mayor de la nave capitana: «¡Tierra a la vista!».

La tripulación, todavía un tanto incrédula, saca fuerzas de flaqueza y poco a poco despiertan de su letargo y empiezan a moverse ante aquel anuncio después de varios días de infernal sol, miserable alimentación y unos tragos de vino y agua turbia.

«¡Sí, allá a babor!», grita Lope del Zarzal, apuntando con su dedo confirmando el hallazgo de Rodrigo.

Gritos, loas al Todopoderoso, y uno que otro insulto al causante de sus desgracias enmarcan el feliz hallazgo de la moribunda tripulación.

Sentado en cubierta, un muy delgado personaje, vacía las últimas gotas de una botella de vino en su copa.

«*¡Non capisco niente...!*», exclama mientras toma un buen sorbo de vino y recorre con su otra mano su amplia frente y sus largos y huesudos dedos continúan perdiéndose entre sus sucios y grasosos cabellos.

Rodrigo toma una de las cuerdas del mástil y se descuelga con agilidad hasta llegar cerca del italiano.

«¡Jolín! ¡Que hay tierra a la vista!».

El italiano no parece reaccionar a los gritos del centinela que repite la misma frase una y otra vez: «*Non capisco...*». Esto es todo lo que obtiene por respuesta.

Colón sigue comiendo el trozo de queso duro y añejo con su vaso de vino sin poner atención al joven grumete. Ya antes escuchó gritos y conmoción cuando la tripulación se amotinó y le exigieron regresar, pero el hábil genovés, sin tanto alcohol en sus entrañas, a señas los pudo convencer de que tendrían suficiente oro para retirarse y vivir como reyes. El griterío y el alboroto actual, no era nada novedoso para él.

Uno de los marineros que pasa por ahí, grita molesto a voz en cuello:

—¿Bueno, pero es que este tío no va a aprender cristiano?

—Hagan señas a los Pinzones, este mozalbete ha divisado tierra —el contramaestre da órdenes y se iza la bandera verde en la Santa María para indicar que hay buenas noticias.

—*¡Vino, vino... presto!* —grita Colón absolutamente borracho. Levanta la botella vacía para solicitar más vino.

Rodrigo, en el poco italiano que ha aprendido del escuálido jefe de la misión, lo invita a acercarse a babor.

«*Signore, andare, andare*». Toma por un brazo al tambaleante Colón y lo lleva hasta el barandal. Mientras lo sostiene con una mano, con la otra apunta insistentemente hacia lo que parece ser una isla.

«*¡Terra signore, terra!*».

Colón voltea hacia donde el dedo del joven apunta y trata de enfocar la imagen entrecerrando los ojos.

«*¿Terra? ¡Terra! ¡Te... rra guac!...*».

Colón expulsa cuanto queso y vino tenía en su interior y queda colgado del barandal de babor sintiéndose el ser más miserable de la creación. Voltea a ver a Rodrigo, muestra una sonrisa de ebrio que no sabe lo que está pasando, pone los ojos en blanco y cae pesadamente sobre la cubierta.

El marinero Nuño del Monte, alarmado, jalando los pocos pelos de su testa, se lamenta: «¿Y ahora qué hacemos? ¿Le arrojamos por cubierta?».

Rodrigo, que es un joven ingenioso y de mente rápida ordena: «¡Traigan la armadura de este tío y el estandarte de España!».

El grumete trata de enderezar al muy borracho Colón que no da señas de recuperar el sentido.

«La Pinta y La Niña han izado sus banderas verdes en respuesta, han avistado tierra también... y este trozo de mierda no reacciona», el del Monte apunta.

Rodrigo y otros dos marineros tratan de ponerle la armadura al líder de la expedición. Repentinamente, Colón abre los ojos, reacciona y se pone de pie como impulsado por resortes gritando: «*¡Mama mia!* ¡Las Indias... Las Indias!».

Trata de dar unos pasos y la armadura medio puesta se enreda en sus pies, lo hace tropezar estrellando su cabeza contra el mástil y quedando sin sentido nuevamente.

«Alcanzadme ese balde con agua. Este tío se ha partido la crisma y hay que reanimarlo». Rodrigo, ante la falta de cooperación de sus compañeros, grita con toda su furia: «¿Queréis oro? Pues ayudad a este caballero. Es el enviado de la corona y debe proclamar nuestra llegada a Las Indias en nombre de nuestros soberanos».

Un obediente y desconcertado marinero pasa el balde de agua a Rodrigo y este se lo arroja a Colón que yace de bruces.

«¡Joder con este tío que no reacciona!», el ya frustrado grumete estaba a punto de darse por vencido.

Hernando Castillejo interviene: «¿Y si está muerto...?».

Colón empieza a recuperar el sentido. «Aughhhhh... In-di-asss...».

«¡Que está vivo! Pronto, ayudadme para acabar de vestirlo y subirlo a un bote», ordenó Rodrigo mientras jalaba el brazo del semiconsciente italiano para enderezarlo y acabar de ponerle la armadura.

En eso estaban cuando se escucha el grito del contramaestre: «¡Ya estamos a distancia… tiren las anclas... bajen los botes!».

Se escucha el sonido de la cadena que sostiene el ancla y luego un *esplash*. Las cuerdas de los botes hacen rechinar las poleas que los sostienen. Colón no ha recuperado el sentido del todo.

El joven marino cachetea a Colón tratando de despertarlo: «¡Señor, señor, vamos, reaccione!».

Rodrigo termina de acomodar la armadura y da un tremendo bofetón a Colón para que este reaccione y solo obtiene un gemido.

«Aghhhh... In-di-as».

«Bueno y ¿qué pasa si este tío no reacciona, los Pinzones pueden proclamar nuestra llegada?», pregunta curioso Castillejo.

Los ojos de Rodrigo que destilan inteligencia muestran una expresión de frustración. «No, la reina misma le nombró máximo comandante de esta expedición. Don Cristóbal debe poner pie por primera vez en tierra firme y hacer la proclamación».

La Pinta y La Niña arriban, sueltan las anclas e inician el descenso de los botes a poca distancia de la playa. Rodrigo y otro marinero arrastran a Colón por la cubierta hasta poderlo bajar a uno de los botes que ya ha tocado agua. Rodrigo piensa bajarlo suavemente pero Colón vuelve en sí y sin más advertencia da un paso hacia el vacío tomando por sorpresa a quienes lo sujetaban. Cae con el vientre sobre el borde del bote, presionando y sacando el aire que tenía volviendo a perder el sentido y con su cabeza directo al agua.

El de Triana grita impaciente: «¡Qué se va a ahogar este zopenco!». Pero no hay quien haga el esfuerzo para ayudar al no muy querido jefe.

Rodrigo se desliza por una de las cuerdas hacia el bote y toma a Colón por la espalda para enderezarlo y sacar la cabeza del agua. Además de ebrio ahora está medio ahogado.

«¡Vamos hombre! No seáis mala sangre. Ayudadlo». El joven grumete reclama indignado a sus compañeros en el bote, pero ellos no tienen la mínima intención de cooperar con quien los tuvo casi muertos de insolación y racionados por semanas con pocas posibilidades de sobrevivir.

Rodrigo, sacudiendo la cabeza en desaprobación a los otros marinos, sigue golpeando las mejillas de Colón para que reaccione. «Vamos... señor... despierte».

Los botes de los tres navíos se deslizan sobre las suaves olas hacia la isla, el de Colón encabeza la formación. Rodrigo toma el casco de la armadura y lo sumerge en el agua como un último intento de hacer reaccionar al inconsciente italiano. Vacía el agua sobre su cabeza y coloca el casco en su lugar de un golpe obteniendo por fin una reacción.

«*Mama... Cof... mia... cof... cof*».

Colón empieza a recobrar la consciencia entre chorros de agua que salen de su nariz y boca, así como escalofríos de una resaca que no es precisamente la del mar. El dolor de cabeza y la protuberancia en su frente causada por el mástil lo hacen sentirse desorientado y miserable. Voltea a los alrededores y por primera vez se da cuenta de lo que está sucediendo. A la derecha, Francisco Pinzón proveniente de La Pinta va gallardamente al frente en el bote de su tripulación. A su izquierda, Martín Pinzón hace lo propio en su reluciente armadura.

Aun grogui, el italiano se levanta y apoya su pie derecho en la proa, asumiendo una actitud arrogante. Rodrigo le pasa el estandarte para acentuar su figura de conquistador y el jefe de la misión se yergue orgulloso, pero una ola sacude el bote y Colón cae al mar y sus pataleos y manoteos, aunados al peso de la armadura, solo lo hunden más. Rodrigo voltea los ojos en señal de "Dios mío, dame paciencia" y salta al mar con el extremo de una cuerda en la boca. La profundidad es poca pero el italiano ya ha tragado suficiente agua como para quedar tieso y llegar al fondo cual piedra. El valiente joven muestra sus destrezas como nadador y ata la cintura de Colón con la cuerda y da unos jalones para que lo suban, pero nadie tira de la cuerda. El de Triana furioso sale a la superficie.

«¡Me recago en la puta madre que parió a todos vosotros! ¿Qué os pasa? ¡Tiren cojonudos, tiren!». La vehemente exhortación a base de gritos de Rodrigo pone a los marinos en el bote en movimiento, y en unos segundos el casi ahogado jefe de la expedición es sacado del agua. Con dificultad, lo suben al bote mientras Rodrigo también llega a bordo. El grumete presiona su pecho y nuevamente chorros de agua salen de la nariz y boca del italiano.

Rodrigo sacude la arena de la armadura del mojado líder que aun tose arrojando el líquido remanente en sus entrañas, lo ayuda a incorporarse y a bajar del bote y lo lleva a que pise tierra seca. Todos irrumpen en vivas y loas. Colón sonríe triunfante. Los ha llevado a tierra firme.

Martin Alonzo Pinzón se acerca al tambaleante líder y lo exhorta: «Señor, gracias por guiarnos a tierra firme. Ahora demos gracias a los Reyes Católicos y al Todopoderoso».

Colón en ese punto se da cuenta de algo que debió haber pensado antes: *«¡Merda, Io non parlo spagnolo!».*

Rodrigo aprieta con discreción el brazo de Colón para indicarle que está junto a él. Susurrando suavemente en su oído comienza... y el italiano repite: «Yo, Cristóbal Colón, agradezco al Todopoderoso y en nombre de sus graciosas majestades Fernando e Isabel...».

Respuesta

Marisol Rodríguez

Marina se encontraba sentada frente al ordenador como tantas otras veces, intentando incorporarse entre los recuerdos, tal vez buscando el modo de encontrar la valentía para oprimir la última tecla, el clic de la máquina del tiempo, la tecla de enviar.

Hacía más de veinticinco años que conoció a Greg y casi veinte que no sabía nada de él. Ella comenzó a recordar cuando sobrevivía en el dormitorio universitario. Estaba recién llegada a Estados Unidos con el salitre isleño aun entre los poros y un inglés que nadie entendía. Dejaba la puerta abierta de aquel cuarto, que más bien era un eufemismo para aquel cubículo de vida, de ese modo detenía la nostalgia para que no la ahogara. Los libros de materias, todos en inglés, se encontraban huérfanos frente a ella, eran como puertas giratorias de las cuales no le era posible salir. El libro de química siempre ignoraba las reacciones orgánicas encerradas entre aquellas paredes. Allí se encontraba a diario con su soledad.

En una de esas tardes escuchó una voz que decía: «Buenaz tardez Chiquita», con una pronunciación muy castiza. Ese sonido hizo que ella cerrara su libro de química sin pensarlo. Hacía casi tres meses que no escuchaba su idioma. Sí, el idioma. Esa cadencia que solo añora quien no la tiene. Aquel sonido llenó sus oídos y quedó incorporado en un rincón recóndito. Cuando dirigió su vista hacia el lugar de donde procedía aquella bella melodía, se encontró unos músculos cuádriceps bien definidos atrapados en unos pantalones cortos de balompié. El joven lucía un jersey del Real Madrid. Ella siguió las franjas azules de la camisa llegando al cuello y luego a su rostro, que todavía estaba enrojecido, como quien apenas acaba de terminar un partido. Él tenía el cabello de color castaño rojizo, un tanto estirado por el sudor y unos rizos rebeldes se asomaban junto a su oreja derecha. Debajo de su nariz diminuta tenía una boca delicada con labios parecidos a los de un niño listo para ofrecer un beso.

En un momento dado las pupilas de ambos se encontraron con sutileza. Se sintieron cómodos, casi como si ya se conocieran. Hablaron de cómo habían llegado a la universidad, de sus intereses y otras trivialidades de las que se suele conversar en los primeros encuentros. Se dijeron adiós varias veces antes de que él se marchara. Su despedida dejó el aire impregnado de posibilidades. Desde entonces, ella se cercioraba que la puerta de la habitación permaneciera abierta las tardes.

Greg siguió las visitas. Sus pláticas se convirtieron en parte del itinerario. Él sabía el horario de clases de Marina. Ella memorizó el calendario de prácticas y juegos de él. Todo marchaba sin brújula. Una tarde lluviosa mientras las hojas viajaban apresuradas sin rumbo alguno, Greg la sorprendió. Llegó a una hora inesperada, así que tuvo que tocar a la puerta. Ella se acercó a la mirilla y al verlo dijo: «Qué visita tan agradable». Él, del otro lado de la puerta, contestó: «Quiero que conozcaz a mi chica predilecta». Cautelosamente y con cierto desconcierto ella abrió la puerta. Greg, como si fuera un mago, sacó una guitarra clásica española que tenía solapada. «Te presento a mi conzentida. La he llevao conmigo en todoz miz viajez. ¿Quierez ezcucharla?». Marina respondió: «Sí, ¿cómo no?».

Greg se sentó, colocó el aro de la guitarra sobre su pierna y la sedujo a cantar. La guitarra tenía un brillo como el que tienen los ancianos sabios y los niños recién nacidos. La tapa estaba hecha de cedro. El aro y los suelos hechos de jacaranda, contrastaban con sus cuerdas impecables y flexibles. El aroma de sus maderas perfumaba el aire. El repertorio no se dejó esperar: bulerías, sevillanas, canciones populares y piezas clásicas. Ella quedó eleta, casi ocupando el breve espacio entre las cuerdas. Ella vibraba en un preciado laberinto de notas. «Gracias, ha sido un regalo maravilloso», le dijo antes de que él se fuera. Con cara de niño travieso le contestó: «Buenaz nochez, Chiquita, noz veremoz luego».

Los conciertos y las visitas alimentaron su hambre resonante por tres trimestres. Llegó el verano antes de lo esperado. La despedida fue corta: «Noz vemoz pronto ¡Chiquita! Te escribo, maja». Ese verano pareció ser un relevo constante de correspondencias. Las cartas iban y venían acortando la distancia llevando acordes silenciosos. Llegó el próximo año escolar. Ella procuró una habitación privada; él, un departamento fuera de la universidad. Las visitas nunca eran anunciadas pero se convirtieron en un oasis para Marina.

Un día sonó el teléfono y al otro lado del interruptor la voz de Greg le extendía una invitación para cenar. Ella aceptó. Acordaron el día y la hora. Él llegó puntual y le preguntó si estaba dispuesta a ir a la tienda de vinos. Aquello le pareció una aventura y la tienda era un desvío bienvenido, así que fue sin ningún reparo. Subieron al auto, hablaron de las clases universitarias y al poco tiempo estaban en el local. De repente ella cayó en cuenta: ¡La cena sería en su departamento! por eso fueron a comprar el vino. El corazón se le quería salir del pecho. Las manos le comenzaron a sudar. En un santiamén le pasaron cintas cinematográficas de todas las advertencias que le habían hecho sus padres. Greg estaba distraído haciéndole varias preguntas al dueño de la vinoteca. Recorrió varios pasillos y se tardó escogiendo y pagando el vino. Esto le dio tiempo para que ella venciera sus nervios. Greg se despidió, agradeció el consejo y se marcharon.

El auto se detuvo unas cuadras al sur en un edificio moderno. Él se estacionó y salió del auto. Abrió la puerta del pasajero. Caminó junto a ella subiendo las escaleras hasta llegar al tercer piso al final del pasillo. «Este es mi departamento», le dijo. Cuando Greg abrió la puerta le pareció reconocer el aroma a azafrán y mariscos pero evitó hacer comentario. «Te he cozinado una paella marinera, ezpero que te guzte». ¡Increíble, él cocina! «Me haz dicho que extrañabaz loz marizcoz». «Gracias, no sabía que te gustaba cocinar», ella le dijo. «Ez que no hay ningún reztaurante ezpañol aquí. Te merezez algo auténtico».

La cena estuvo exquisita. Hubo tapas, la paella marinera de plato principal y de postre peras horneadas cubiertas en estalactitas de caramelo cristalizado. Al verlas ella le comentó: «Parecen esculturas». El vino con su aroma transportaba los sentidos. Sin darse cuenta detuvo su mirada en la de él. Un largo silencio se adueñó de todas las palabras. Estas quedaron suspendidas en ese instante. No se interrogaron, solo sus presencias desbordaban aquel momento.

Como quien delicadamente comienza una onda en un lago en calma Greg recitó: «El que no duda no cree».

Comenzaron a reírse. Se intercambiaron citas unamunianas como salidas de una partitura. «El que viaja mucho va huyendo de cada lugar que deja y no buzcando cada lugar que llega».

«Nos llamamos, como nos llaman».

Unamuno fue la melodía que los llevó a un baile interior delicado y profundo. En un parpadear pasaron muchas horas. El sueño se asomaba amenazante e inocente. «Greg, ¿me podrías llevar de regreso? Tengo una cita con mi libro de química, de lo contrario me puede ir muy mal». «Bien, Chiquita».

Llegaron al dormitorio. Greg la acompañó hasta la habitación. Le dio un abrazo y un beso en cada mejilla. «Gracias. Me divertí mucho. Eres un gran anfitrión y chef de primera». Él se sonrojó y le deseó que descansara. Dos semanas más tarde, Greg le dijo que se marcharía para Italia. Esa había sido su cena de despedida. Ella no esperaba un descanso y mucho menos un intermedio a largo plazo.

Cumplido más de un año de ausencia, se presentó un chico sagaz llamado Stephen. Stephen encontraba a Marina exótica, seductora y sumamente interesante. A los cinco meses de comenzar a salir se concertó un "noviazgo". Si así se podría apodar a aquella amalgama de inexperiencia, soledad y hormonas. Todo marchaba según lo dictaba la juventud. Marina se divertía con Stephen. Stephen con Marina. Eran cachorros en la selva universitaria. El monolingüismo regía su vida. Ahora las cuerdas eran martilladas para que un piano hablara. Aunque no entendía el futbol americano sería literalmente su víctima.

De camino a la habitación de Marina, Stephen se detuvo en el vestíbulo del dormitorio para ver el juego de futbol americano en pantalla grande. En la alcoba de Marina ocurría un encuentro. Greg había regresado de Italia. Esta vez no llamó. Marina escuchó el toque en la puerta y pensando que era Stephen, la abrió de un impulso. Cuando se enfrentó al rostro inesperado una ola de sentimientos la inundó; era el hombre y su guitarra. Disimuló los rápidos que le zambullían en un dolor extraño. Marina pensaba que ya había ahogado la felicidad que aquella figura le impartía. Música, música y más música, que necesito acallar los gritos silenciosos que se embriagaban con solo mirar sus dedos sobre otro cuerpo, el de la guitarra. Aquellas cuerdas aceleraban los latidos de Marina. Greg empezó a cantar. ¡Nunca lo había escuchado cantar, solo tocar la guitarra! En realidad Marina no supo si fue la voz de Greg o la pieza escogida: *La Malagueña*. Lo único que parecía ensordecerla era el estribillo: «Besar tus labios quisiera, pues, besar tus labios quisiera…». Marina no se enfocó en Stephen, solo pensó en que ya no era libre. Su temple la rescató de aquel casi paro cardiaco. Para disipar el aturdimiento le preguntó a Greg: «¿Ahora van mis favoritas de Paco De Lucía?». Greg le respondió: «Un plazer». Ya no era placer, se lamentaba Marina. Cada acorde mutilaba algo dentro de su ser. Después de un rato, incómoda y confundida acompañó a Greg a la entrada para despedirlo. Las palabras que antes tenían su cauce y caudal ahora se tropezaban en sílabas. «¡Chao, noz vemos pronto!», se escuchó la voz del guitarrista. Greg la tomó en sus brazos y todo el calor de su cuerpo atravesando el suyo la saqueó, casi atrapando cada célula. Le dio el primer beso en la mejilla y cuando ambos se dirigían hacia el segundo beso, se descarriló. En unos segundos dos pares de labios se encontraron, húmedos, gelatinosos, resbaladizos como almendras marconas. Marina reaccionó abruptamente y de inmediato se disculpó. Greg la miró con sus ojos brillantes color avellana y le regaló una sonrisa. Los segundos de silencio fueron un precipicio en el que se arrojaron ambos sin conciencia. «Hasta luego Greg», ella se despidió con lágrimas malabaristas. «¡Chao, Chiquita!».

Marina no tuvo el valor de acompañarlo con la mirada. Cuando se volteó para regresar a su refugio se encontró con los ojos iracundos de Stephen, quien había visto todo el espectáculo en vivo y con definición digital gracias a la pésima sincronización de los anuncios comerciales que interrumpieron el juego precisamente durante esos segundos. Las acusaciones no se hicieron esperar. *Soportaré estos insultos de ametralladora porque esto, ¡solo me ocurre a mí! ¡Solo a mí!*, pensó.

Aquella tarde, en solo unos segundos, frente al ordenador, Marina aceptó su confusión. Greg solo le había rozado los labios, pero ella había compartido el cuerpo de su guitarra, las caricias incesantes de su música, el clímax de una canción, y a Unamuno. ¿Eso era intimidad? ¿Amor? ¿Amor platónico? ¡¿Qué era?! Ahora, dos décadas más tarde se disponía a contestarse esa pregunta con el simple pulsar de una tecla. El riesgo de hallar alguna respuesta a esa, su pregunta, se aliaba a un gran peligro. El peligro de despertar una guitarra y otros besos.

Aña Membuy
(hijo del diablo)

Félix Amicantonio

El escenario

Siete de la tarde. Un hombre está inmóvil sentado sobre sus piernas, cada tanto se mueve hacia la caja empotrada en la pared, como inspeccionando algo, y luego vuelve a la inmovilidad, viste un overol azul, propio de la empresa telefónica y sobre su pecho lleva una credencial. A quienes lo ven, desde las numerosas ventanas aledañas, no les parece extraño, a pesar de que es treinta y uno de diciembre y que faltan apenas cinco horas para que finalice el año, ellos están más interesados en preparar la lluvia de papeles que arrojarán en minutos por las ventanas. Pasado un rato, el individuo sigue allí. Los vecinos lo ignoran, de seguro piensan que estará en alguna llamada de emergencia para reparar una línea; y es que hay muchas oficinas importantes en las inmediaciones. Lo que no saben es que él está midiendo, lo ha hecho durante tres meses. Mide la distancia de casi ochenta metros hasta la terraza próxima y que está dos pisos más abajo, mide la velocidad del viento en ese momento, e imagina la intensidad de la luz a medianoche, ya que lo hizo otras noches. Sabe que tendrá exactamente ocho minutos para hacer el trabajo y no deberá fallar porque no habrá otra oportunidad. La terraza en cuestión está cubierta con un cristal blindado superreforzado que se abrirá a las doce de la noche y luego volverá a cerrarse hasta el próximo año, o hasta cuando hayan fuegos artificiales, ya que estos son el único motivo por el cual se abre, descubrimiento que hizo después de una larga investigación. Él es un profesional.

El objetivo

Rogelio Alsina Céspedes, joven abogado, nació en una rancia y rica familia que acostumbraba a que sus herederos estudiaran según las necesidades de la misma. Al mayor, lo enviaron a estudiar ingeniería ya que alguien se tenía que poner al frente de sus fábricas. A la segunda, la mandaron a estudiar informática porque alguien debía manejar todo lo referente a esa área en las empresas familiares. A él se le encomendó la abogacía. Siempre es necesario tener un abogado en la familia.

Fue un alumno inteligente en demasía. Cubrió su carrera en cuatro años, cuando lo normal son cinco o seis. Se recibió con medalla de honor y muy pronto demostró su valía trabajando para la justicia, en la cual fue escalando posiciones hasta llegar, en tiempo récord, a Fiscal General de la Nación. Le fascinaban la caza y la pesca, y sus lugares favoritos para practicarlas eran la selva y las aguas del río Paraná y sus afluentes, así como las islas que allí se formaban. Era soltero, gustaba de las mujeres rubias y jóvenes, no fumaba y le apetecían los *whiskies* importados. Se movilizaba en vehículos que no fueran vistosos, pero que tuvieran motores potentes y rápidos y, por supuesto, blindados en su totalidad. Su custodia se componía de seis guardaespaldas y dos choferes. Vivía en un edificio de cuatro pisos ocupados por nadie más que por él y la guardia que habitaba el segundo piso. El primero era garaje, y en el tercero y cuarto se encontraba su dúplex propiamente dicho. En la terraza tenía un suntuoso comedor y una elegante sala, todo ello coronado por un cristal corredizo blindado que se abría en ocasiones muy especiales y condicionado a que la ciudad celebrara con espectáculos pirotécnicos, que eran su debilidad. De tres años a la fecha estaba realizando una investigación sobre bandas de narcotraficantes que también lucraban con la trata de personas para la prostitución. Actividades en las que estaban involucrados individuos influyentes de la política y el poder. Fue amenazado muchísimas veces y en dos ocasiones atentaron contra su vida, a eso se debía el nivel alto de protección.

El principio

Yacarecito. Paraje, lugar, paso o aldea, se lo puede llamar de cualquier forma. Quizá dentro de un día, o dos, o cinco, o tal vez nunca, el lugar desaparecerá de acuerdo a los caprichos de la naturaleza. Un día la correntada del río borrará del mapa todo indicio y otro día volverá a aparecer, es así, es la vida. Allí nació, de la mixtura de una india y un italiano blanco, que llegó quién sabe desde dónde, como llegaron muchos en busca de refugio, de paz, de trabajo, huyendo de las atrocidades de una guerra que diezmó a Europa. Algunos no la vivieron. Otros participaron de manera activa en ella; eran alemanes, rusos, italianos, franceses, todos de una parte del mundo que estaba empezando a cerrar sus heridas y a reunificarse. Aprendió a vivir y sobrevivir en la selva, a cazar para subsistir desde muy pequeño, a pescar, a recoger frutos de ella, a convivir con sus habitantes, peligrosos o no. Lo aprendió como una cosa muy común, como hijo de una india mocoví, cuya tribu era dueña de la selva. De ella heredó, además, sus rasgos, comenzando por los ojos oblicuos y su pelo rebelde, ambos oscuros, lo que le valieron el mote de "Chino". Asistió a la escuela en Paraje Jaguareté. Todos los días tomaba su canoa y llegaba en una hora. Devoraba los libros para descubrir cosas que la selva no le enseñaba, y aprendió mucho. Pronto comenzó a aportar al diario vivir. Cazaba, pescaba, y de paso también entendió que se podía ganar unos buenos pesos como baquiano, ya que era un buen conocedor del lugar. Por donde vivía pasaban a diario personas que necesitaban llevar o traer al Paraguay o a Brasil mercaderías de contrabando, autos robados y, cómo no va a faltar, drogas. El lugar era siempre un ir y venir de forasteros de toda laya, contrabandistas, usureros, embaucadores y fugitivos. Era cosa común encontrarlos en el pueblo vecino, con trescientos a quinientos habitantes, en donde había desde prostíbulos, *cabarets*, casas de compra de cueros y pescados, hasta abogados que ayudaban en los problemas que surgían a diario.

Entre la selva, el río, la escuela y el pueblo, creció. Su nombre, Carlo Antolinni, aunque todos lo conocían como "Chino". Dueño de una puntería excepcional, un sentido de la ubicación fuera de lo común y una percepción de la situación impresionante, pronto pasó a ser buscado por todo aquel que necesitaba hacer alguna maniobra difícil. Lo que le dejaba más ganancias era guiar a los contrabandistas de drogas. Era un experto en eludir a la prefectura y a la gendarmería que patrullaban los ríos y riachos. El tema fronterizo era algo muy difícil de manejar, hoy día el límite era aquí, y mañana, por obra y gracia del río y sus inundaciones, estaba un kilómetro más arriba o más abajo. Iba de vez en cuando al pueblo, aunque no se sentía cómodo allí, mucho bullicio, mucha puta, mucho embrollo; cosas que no le satisfacían. Casi no bebía, solo a veces, pocas, se aparecía por el bar del pueblo, allí se conseguían trabajos y eso buscaba.

Cierto día, luego de dos meses de muchas lluvias, y obligado a desviarse de su ruta habitual, la vio, en un rancho de la orilla. Estaba lavando ropa, usaba un pantaloncito diminuto que resaltaba sus piernas, una blusa que dejaba ver su cuerpo casi escultural, su rostro delataba una mezcla de india y alemán, porque su cabellera era como un mar de trigo. Al verla, recordó que una vez viajó al norte de Santa Fe y allí vio por primera vez los trigales y quedó impresionado porque era un maremágnum dorado. Calculó que no tendría más de quince o dieciséis años. Apenas se la encontró decidió que sería su mujer. Se aproximó con su canoa a motor y la saludó. Ella le devolvió el saludo. Le preguntó si podía desembarcar y ella asintió con la cabeza. Bajó del bote y se acercó. Era de una belleza rústica. Le preguntó su nombre. «Irupé», contestó. Le pidió volver a verla. Ella le contestó que sí bajando la cabeza y esbozando una sonrisa nerviosa de vergüenza. Estaban en esas cuando se presentó la que parecía la madre y le habló a Chino en dialecto mocoví. Al responderle, notó la satisfacción en la cara de la mujer al ver que eran de la misma etnia. Le preguntó su nombre, y él se lo dio. «¿De dónde eres?», inquirió la madre. Él le contestó y apresurado le preguntó si podía visitar a la niña. La madre le dijo que sí, y él se despidió y prometió volver.

Regresó varias veces hasta que un buen día se la llevó a vivir con él, a la usanza de la gente del río. La instaló en su rancho y allí la hizo su mujer, así se hacía en ese lugar, sin preámbulos, así se acostumbraba. En verdad era muy bella.

Una vez decidió llevarla a Paraje Jaguareté, y cuando llegaron se enteró que Irupé jamás estuvo antes en un pueblo. La vio quedarse muda al mirar por primera vez televisión, ¡y le pareció tan emocionante! La llevó a explorar. Vieron a la gente juntándose a beber. Se pararon frente a las vidrieras de lugares donde vendían ropas y cosas tan bonitas que ella ni imaginaba. Todo era nuevo y lindo. Pasaron por un bar al aire libre y él se sintió orgulloso que todos lo miraran por la mujer que lo acompañaba, ¡su mujer! Hubo un instante en el que un forastero, a juzgar por su apariencia, se atrevió a decirle un piropo a ella, y él se volvió dispuesto a enfrentarlo. En ese momento lo rodearon los que venían con el extranjero y uno de ellos se abrió la campera y le mostró la pistola que llevaba en su cintura debajo de la camisa. Chino entonces pensó que era mejor dejar todo como estaba, no porque tuviera miedo, sino para evitar algo mayor. De regreso al rancho, ella lo abrazó con fuerza y le dijo al oído que esa era la vida que quería vivir, en un lugar como ese, con muchas personas alrededor, linda ropa para ver y television, sobre todo eso... Fue la única vez que tocaron ese tema.

Al tiempo tuvieron un bebé, un hermoso niño que, para satisfacción del padre, tenía su cara y el color de su piel. Chino trabajaba sin parar, cazaba y pescaba, lo que le dejaba un buen dinero, no obstante lo que más le redituaba era cuando hacía de guía, eso sí era bueno, el problema era que debía ausentarse mucho tiempo, a veces hasta un mes. Pasaban los días y su hijo iba creciendo bien, ya tenía seis meses.

Un día en el pueblo le presentaron a un hombre que necesitaba un guía para ir a buscar carga a Paraguay, era una cantidad de bultos muy importante. Le llevaría dos o tres semanas traer todo. Pagaba muy bien. Chino le explicó al cliente que era muy mal momento, llevaba muchos días lloviendo con intensidad en el nacimiento del río en Brasil y se comentaba que quizá los brasileros abrirían las compuertas de la represa para evitar las inundaciones de sus campos. Eso significaba que los ríos y riachos crecerían de una forma inusitada, provocando inundaciones en la zona por donde deberían navegar. Dudó si aceptar o no, cuando le comentó el problema al hombre, este le ofreció doblar la paga y eso era más de lo que ganaría en un año. Prometió contestarle en dos días. Se fue a su rancho a conversar con Irupé. Le explicó lo del trabajo. Ella no estaba de acuerdo con el viaje. En las cercanías sufrieron varias inundaciones. Podría estar en riesgo su vida y la de su hijo. Chino contestó que ella sabía cómo proceder, tenía que ver qué pasaba varias veces al día, observar el comportamiento de los animales, si huían hacia el sur, si los camalotes traían más víboras que de costumbre, si los monos callaban, esos eran claros indicios que la gran inundación estaba cerca, además ella también tenía sangre indígena, ella sabía. Así fue que se quedó sola con su criatura, con suficiente comida y todo lo necesario como para dos meses.

Chino partió.

La búsqueda

Pasaron diez días, la travesía cruzando riachos y ríos fue una odisea. Resultó ser la peor inundación en años. Muchas islas e islotes estaban borrados. Solo él podía reconocer los lugares, lo hacía por árboles, pedazos de tierra, y en la noche, por las estrellas; siempre y cuando no estuviera nublado. La crecida demoraba y hacía muy peligroso el viaje. Lo único bueno era que los patrullajes de las fuerzas de seguridad mermaron ya que estaban ocupados socorriendo a los lugareños que vivían en las márgenes de los ríos afectados. El traslado siguió lento, sin pérdidas de mercadería, fue uno de los contrabandos más grandes de marihuana. Dos meses después regresó. Por el buen trabajo realizado, y al no haber habido mermas, fue premiado con más que lo pactado. Traía mucho dinero, eso haría que hasta pudiera pensar en vivir en otro lado, quizá podría cumplirle el sueño a su mujer y mudarse a la ciudad.

Al llegar no pudo creer lo que veía. Nada. Solo una correntada de agua. Debajo del sauce donde tenía su rancho era todo agua, solo quedaba el árbol, nada más. La desesperación no lo dejaba pensar, no sabía por dónde empezar. Se dirigió al primer lugar alto que encontró, como a diez kilómetros, muchas familias estaban viviendo en carpas proporcionadas por el ejército. Nadie le dio razón de su mujer y su hijo, nadie sabía de ellos. Buscó en todos lados y, nada. Fue al pueblo, nada. Se esfumaron, o lo que es peor, se ahogaron. No obstante siguió buscandolos a diestra y siniestra. La tierra, es decir, el agua se los había tragado.

No volvió al lugar en donde tuvo casa, mujer e hijo. Poco a poco se fue alejando. Juran que lo vieron borracho vagando por el pueblo, vistiendo como un vagabundo, con su mirada perdida, repitiendo dos nombres: Irupé y Joao. Todo formó parte de las habladurías de la gente. En realidad al poco tiempo se fue lejos de allí. Desembarcó en la capital. Luego de vivir en un lugar rodeado de comprovincianos correntinos, chaqueños, paraguayos, para no perder del todo sus recuerdos; se mudó a otro lugar, a un departamento que compró con el dinero ganado, trató de olvidar el pasado y buscó trabajo. Pero ¿qué sabía hacer? Nada. Estaba en una ciudad, sabía vivir en la selva y de la selva, trabajar en la selva, más no en una ciudad. Días después, por casualidad, conoció a una persona dueña de una armería. El hombre estaba conversando con el mozo de un comedor en donde él estaba, se quejaba de que no podía encontrar a alguien que supiera de reparación de armas. Chino lo escuchó y con presteza le comentó que él sabía. Esta persona lo miró y hubo algo que le gustó del desconocido. Lo llevó hasta su negocio y le pidió que le reparara un fusil máuser que tenía rota la cola percutora. Chino tomó un pequeño trozo de acero, lo puso en el torno y le fabricó el repuesto. Lo montó y le quedó perfecto. Tomó el arma y se dirigió hacia el sótano del edificio en donde había un pequeño polígono de tiro. La probó. Hizo cinco disparos. Los cinco dieron en el blanco. El hombre observó esto y lo guardó en su memoria. Lo contrató de inmediato.

Pasaron cinco meses, todo parecía en orden. Cierto día el dueño lo llamó a su escritorio, lo invitó a sentarse y le preguntó: «¿Dónde aprendió a disparar con tan buena puntería?». Chino le contó de su vida en la selva donde cazaba, pescaba y donde también reparaba sus propias armas. El dueño le dijo que al otro día conversarían más. Al día siguiente lo volvió a llamar para invitarlo a tomar un café. Chino le respondió que cuando terminara el trabajo le aceptaba. El dueño insistió que fueran en ese momento.

«Es una orden», le dijo riendo. Fueron al bar cerca de la armería. El hombre le contó que el negocio no era muy rentable, que para llevar un ritmo de vida más holgado, él tenía algunas personas a las que enviaba a hacer cierto tipo de trabajo. Como si fuera un representante consiguiéndoles trabajo a sus dirigidos, le explicó que se ganaba muy buen dinero y que se hacía en secreto ya que todo era muy delicado. Le advirtió que todo era reservado y que nadie se conocía entre sí. Asimismo, no se sabía quiénes eran los contratantes, todo pasaba por las manos del dueño, quien era el que distribuía la paga. Chino pidió tiempo para pensar, sabía que todo era ilegal. En realidad no tenía nada que perder. No tenía nada. Ya todo lo había perdido en el río.

La primera vez

Siempre hay una primera vez, para todo. El objetivo era un traficante de armas, un viejo tramposo que siempre se quedaba con algunos pertrechos o con más dinero que el pactado. Vivía en una mansión lujosa, con seguridad no solo traficaba armas, algo más estaría haciendo para vivir con tanto dispendio. Coches suntuosos, guardaespaldas, yate, muy buen pasar. El lugar quedaba en una zona boscosa y, por lo tanto, tenía cámaras, alarmas y guardias armados en todos sus flancos.

Planearon el golpe durante casi un mes. Filmaron, fotografiaron y recorrieron las inmediaciones. Llegaron a la conclusión de que el mejor lugar para el trabajo era desde la carretera que corría a más de doscientos metros del perímetro de la finca. Hacía falta un fusil muy potente para larga distancia, de los que usan los francotiradores del ejército. El armero lo conseguiría, luego se las arreglaría para licuarlo, o sea, desarmarlo y ensamblar otras armas.

Llegó el día. A las diez de la mañana el traficante estaría en su oficina, la información costó mucho dinero, aunque era segura. Chino llegó en un auto pintado como un taxi. El chofer se estacionó en la carretera simulando un desperfecto, mientras Chino se internaba en el bosque lateral que circundaba la mansión. Arribó al punto, abrió la valija, armó el rifle y lo puso en la rama de un árbol caído que exprofeso se preparó.

No tardó más de cinco minutos en llegar el traficante al escritorio, solamente alcanzó a sentarse y segundos después se desplomaba, su cabeza atravesada por un proyectil golpeó la mesa y su masa encefálica se desparramó sobre la madera encerada. No hubo ruido, nada. El taxi salió despacio, sin levantar sospechas, apenas se detuvo por un pasajero con una valija. Todo limpio, un excelente trabajo.

Dos días después, Chino dejó de ir a la armería. Ya no necesitaba ese trabajo. Acordó con el armero en comunicarse por teléfono si salía algo más.

Su segunda operación fue mucho más rápida y fácil, solo llevó cinco días prepararla. Se trataba de un hábil estafador que tuvo la osadía de embaucar a un importante comprador de joyas robadas. El monto con que se quedó era millonario, y este quería recuperar lo timado y acabar con el responsable. El individuo estaba ubicado, era un tipo rutinario, siempre ordenaba el almuerzo por teléfono. Solo confiaba en un restaurante. A la una en punto, ni antes ni después, se entregaba la comida. Debía matarlo y llevarse las joyas, así de simple. Cuando llegó el día, Chino se disfrazó de mozo. Sus cómplices interceptaron la llamada para tomar la orden e indicarle que el blanco ya estaba en posición. Chino cruzó la calle con la orden en mano y entrando a la oficina, le disparó tres veces. Dos al corazón y una a la cabeza. Se llevó las joyas y se las entregó al armero, quien le pagó lo pactado, así de fácil.

De esta forma fue transcurriendo su vida, hacía un enorme esfuerzo por no recordar, no tenía ni una foto de su mujer ni de su hijo, si bien no era necesario. Llevaba impresa en su mente las dos caras, sobre todo las de la última vez, antes de partir. No volvió más al lugar, se perdió en la gran ciudad, habitaba un departamento no lejos del centro. Una vez le ofrecieron una casa en la zona del Tigre, pero no aceptó porque se encontraba en un lugar un tanto salvaje, allende al río, donde los ruidos del agua, entremezclados con el sonido de los pájaros y pequeños animales del monte que se atrevían a llegar tan cerca de la civilización, le traían dolorosos recuerdos.

Y así pasaba el tiempo, realizando trabajos como los que estaba acostumbrado a hacer y reuniendo dinero.

Pasaron seis o siete años. Aprendió a usar la computadora y de esta forma se conectaba con los posibles clientes. Ya no trabajaba con el armero, aunque él seguía consiguiéndole personas necesitadas de sus servicios.

"Gran Oferta Gran"

Descansaba. De repente su computadora comenzó a sonar informándole que tenía un mensaje. La encendió, buscó y encontró lo que le enviaron. Era muy escueto, decía: «¿Quiere ganar mil veces mil verdes?». No contestó por prudencia, podía ser una trampa. Al poquito rato de nuevo: «¿Le llegó?». Esperó. Insistió la máquina: «Responda, CH». Cuando leyó el tercer mensaje supo que estaban dirigidos a él. Respondió muy breve: «Sí». Esperó una hora y pidió más detalles. Le dijeron que en dos días le llegaría un sobre por correo una vez que indicara a dónde se lo podían enviar. Dio un número de casilla postal. Allí se lo enviaron. Pasó a retirarlo, llegó a su departamento y sacó del sobre un CD. Lo colocó en la computadora portátil y comenzó a leer: «Se trata de un abogado, un fiscal, es muy peligroso para cierta gente, vive en un departamento céntrico, hay que operar sobre él, el 31 de diciembre, a las 12 de la noche, SIN FALTA. Si le interesa, le mandaremos el resto de la información que poseemos. Conteste hoy, por vía internet». Lo releyó y contestó por la vía convenida: «Me interesa». Al otro día recibió toda la información necesaria, tenía tres meses para hacer la inteligencia. Le harían un depósito bancario de inmediato, con la mitad del costo pactado al número de cuenta y banco que él eligiera, el resto se le depositaría el treinta de diciembre en la misma cuenta.

Aceptó y con premura puso manos a la obra para investigar todo lo necesario relativo a la persona en cuestión. Pagó pequeñas coimas, se disfrazó para visitar el edificio, pasó innumerables veces por allí, recorrió el vecindario, tomó mil fotos, simuló trabajar en los techos de los edificios vecinos, hasta que encontró el que mejor vista tenía de la terraza del sujeto. Le informaron que la cubierta de vidrio blindado era a prueba de balas de alto calibre, y que se correría a las doce menos tres minutos, en el momento de los fuegos artificiales marcando el Año Nuevo. Se volvería a cerrar a las doce y cinco, o sea que tenía exactamente ocho minutos. Solo eso. Una semana antes estaba todo listo, solo faltaba el último detalle, para eso llegaría temprano, si el lugar lo permitiera, y mediría la velocidad del viento, la visibilidad, y que las vías de escape estuvieran libres.

Comenzaba a pensar en su retiro, ya estaba cansado de llevar esa vida, siempre mirando hacia atrás, siempre comprobando que no hubiera nadie sospechoso en las cercanías cuando llegaba a su departamento, que no lo siguieran, fijarse que su puerta no hubiera sido abierta, siempre poniendo trampas apenas perceptibles en su casa, revisando la computadora, evitando contestar mensajes, durmiendo como los zorros, con un ojo abierto. Nunca llevaba armas en su poder, por si acaso. Era una vida muy estresada. Aparte, ya tenía junta una cantidad considerable de dinero como para retirarse y vivir el resto de su vida, solo le faltaba pensar en dónde y con quién, y la respuesta no la tenía. Consideraba que este sería su último trabajo. Estaba todo listo, no debía, mejor dicho no *podía* fallar, en su rubro una falla significa morir.

Llegó el treinta de diciembre. A mediodía revisó su saldo bancario y comprobó que el dinero restante estaba depositado, ellos cumplieron, ahora le tocaba a él, de no hacerlo, por cualquier motivo, sabía que le esperaba la muerte.

¡Feliz Año Nuevo!

Unos días antes trajo, en partes, la mitad del poderoso fusil de largo alcance; y la otra, la más sospechosa, ya que se trataba de un cañón de casi noventa centímetros de largo, a último momento, haciéndola pasar como un instrumento de medición. Ensambló el arma con calma y la escondió, no fuera cosa que la viera algún curioso y echara a perder todo. Hizo lo que necesitaba hacer, ahora actuaría como si estuviera trabajando en la central de teléfonos, por si alguien lo reconociera, no olvidaba que su rostro sobresalía por ser fuera de lo común.

La hora se acercaba, solo restaba medir la intensidad de la luz y ajustar la mira telescópica, no hacía falta que fuera infrarroja ya que el objetivo estaba muy bien iluminado. Eran las diez de la noche y comenzó a llegar gente, primero dos mujeres muy elegantes y no muy viejas, luego una pareja con dos niños de más o menos ocho o nueve años; después, tres jóvenes. Todos comenzaron a sentarse alrededor de una mesa bastante larga. El lugar estaba bien ornamentado, perfecto para la ocasión, mucha iluminación que permitía ver en cada esquina de la sala a cuatro hombres que él suponía eran la custodia de su objetivo.

De pronto, las personas que estaban sentadas se pararon porque llegaba el dueño de casa. El hombre venía seguido de una mujer rubia elegantísima y un niño como de diez años, muy bien vestido. Los tres saludaron a los presentes y se sentaron a la mesa. Era el blanco, un hombre joven que vestía camisa celeste y que contrastaba con los demás que vestían colores oscuros. Su cara se le hizo conocida a Chino, quizás lo habría visto en los diarios, ya que era muy famoso por la olla que estaba por destapar. A la mujer que llegó con él, y que supuso su esposa, no la podía ver bien, ella estaba de espaldas y nada más se veía su cabellera muy rubia. *Bueno, así le gustan a él*, pensó. Al niño tampoco lo divisaba muy bien, solo su pelo, extrañamente oscuro. *Si el fiscal era rubio y la mujer también rubia, ¿cómo es que el niño tenía pelo oscuro? Bah, caprichos de la naturaleza*, se dijo a sí mismo y siguió observando el lugar y los invitados.

Comenzaron a cenar. Una joven empleada servía la mesa. Chino la conoció en la panadería de la zona y fue a través de ella que consiguió mucha información. La primera vez que se encontraron se dio cuenta que era bastante simpática y parlanchina, así que no le costó mucho sonsacarle datos acerca de los movimientos en la casa y de sus ocupantes. Del abogado no le contó casi nada, ya que coincidían muy pocas veces durante las horas que ella trabajaba. De la señora, le dijo que era una mujer muy bella, con una mirada que dejaba ver mucha tristeza. Y del niño, que era muy inteligente, según decían las maestras que le daban clase en casa ya que no asistía a la escuela, por seguridad, le confió con un guiño cómplice. De los custodios no le dijo mucho, porque no hablaban con ella, solo uno de los choferes era un poco pillo, ya que cuando pasaba a su lado le sonreía y le tocaba la cola.

Chino miró su reloj. Faltaban cuatro minutos para las doce de la noche, cuando se abriera la cubierta corrediza al abogado le quedarían muy pocos minutos de vida. *No gozará mucho del Año Nuevo*, pensó. Su reloj marcó las once cincuenta y siete, la campana de vidrio se comenzó a mover, centímetro a centímetro empezó a dejar sin cubierta la terraza, el fiscal se acercó a la barandilla, su mujer se unió a él, también el niño. Los invitados los rodeaban, todos miraban hacia arriba esperando las luces de los fuegos de artificio, ¡era el momento!

Chino dirigió la mira hacia el hombre, le vio la cara de frente, y... en ese instante lo reconoció, síííí, era él... el hombre que le piropeó la mujer en el bar del pueblo... con el cual estuvo a punto de pelear, y, por instinto, sabiendo de antemano con quién se encontraría dirigió la mira hacia la mujer. ¡Sí!... Era Irupé... ¡¡¡ERA SU MUJER!!! Bajó la mira, rogando equivocarse. Su alma se arrugó, su corazón dio un salto, casi se le salió por la boca, el niño era... ¡¡¡SU HIJO!!! Con estas tantas imágenes se le llenó la cabeza de preguntas: *¿Cómo? ¿Por qué? ¿Qué pasó? ¿Cómo? ¿Dios, por qué?* Tensó su índice en la cola del disparador, desvió el fusil y disparó. Dejó un agujero en la mesa y algunos platos y copas hechos trizas. Comprendió. Claro que lo hizo, a él le gustaban las rubias. La fue a buscar y la encontró. La salvó de la inundación y se la llevó. A ella y al chico.

Con su último acto le envió un mensaje, le dijo con claridad que su vida estaba en peligro, que estaba a merced de cualquier asesino, que se cuidara. Lo que nunca sabría es cuan cerca estuvo de la muerte, que no sabía si matarlo o agradecerle por cuidar de su mujer y su hijo.

De repente se comenzó a cerrar la cúpula, el tiempo se acabó. Ahora debía actuar muy rápido, huir por la vía de escape más cercana, recoger sus cosas y marcharse lo más lejos posible. Falló y eso se pagaba de una sola forma.

Huyó. Tomó un autobús urbano, se dirigió a un pueblo cercano, despertó a un taxista que dormitaba en su parada, pidió que lo trasladara como a veinte kilómetros de allí, fue a la estación, tomó un tren, hizo transbordo y se dirigió al sur. Dos días después vio en el televisor de un bar en Caleta Olivia, al extremo sur del país, que el Fiscal General de la Nación presentó una acusación, con fotos, videos, escuchas telefónicas, escritos, estados de cuentas bancarias, y un sinfín de pruebas contra altas personalidades, políticos y autoridades del gobierno, por tráfico de drogas, trata de personas, prostitución y otros tantos delitos. Se desató una cacería como nunca se vio. Chino desapareció, muchos juran haberlo visto en Uruguay, Paraguay, Brasil, otros en Europa, algunos en Asia. En realidad nunca más se supo de él. Está en una comunidad del Barrio Chino en la calle Capón, en Lima, Perú. Su vida solo tiene un norte: RECUPERARLOS. Y lo hará, cueste lo que cueste.

www.ingramcontent.com/pod-product-compliance
Lightning Source LLC
Chambersburg PA
CBHW052134170626
46812CB00004B/1401